善書坊

作者照片

止乎不可不止，意思是文章無所謂長，也无

所謂短，一氣而已，篇幅之長短規定，不過

之，我現代白話容易等政接似嘍嗦而言，作

品完成後要有修改之必要，尤其是廢話

費字要審查量別陳捭，秀句去才力不滴，所

作品字完及，弦要修改一二遍的，檔為審

訂，原子彈使用說明書，一字一點務求精

准，不可故弄，玄虚其與用語要模糊，要

作者手稿

方英文散文精选集

夜
行
Ye
Xing

方英文◎著

陕西师范大学出版总社

图书代号　WX24N0117

图书在版编目（CIP）数据

夜行：方英文散文精选集/方英文著. —西安：
陕西师范大学出版总社有限公司，2024.5
ISBN 978-7-5695-4081-9

Ⅰ.①夜…　Ⅱ.①方…　Ⅲ.①散文集—中国—当代
Ⅳ.①I267

中国国家版本馆CIP数据核字（2024）第018660号

夜行：方英文散文精选集

YE XING: FANG YINGWEN SANWEN JINGXUAN JI

方英文　著

出版统筹 / 刘东风
责任编辑 / 舒　敏
责任校对 / 彭　燕
装帧设计 / 主语设计
出版发行 / 陕西师范大学出版总社
　　　　　（西安市长安南路199号　邮编 710062）
网　　址 / http://www.snupg.com
印　　刷 / 陕西龙山海天艺术印务有限公司
开　　本 / 787 mm×1092 mm　1/32
印　　张 / 8.375
插　　页 / 5
字　　数 / 128千
版　　次 / 2024年5月第1版
印　　次 / 2024年5月第1次印刷
书　　号 / ISBN 978-7-5695-4081-9
定　　价 / 58.00元

读者购书、书店添货或发现印装质量问题，请与本公司营销部联系、调换。
电话：（029）85307864　85303629　　传真：（029）85303879

目 录
CONTENTS

风雪夜缘

　　那是1979年，年关将近，大雪严严实实地封住了秦岭。当时我在西安念大学，盼着回山里过年。但是没有车，众人天天到车站闹，一直闹到腊月二十八，车站才咬咬牙，发了趟油漆剥落的解放牌老卡车——一下雪就发卡车。尽管如此，七十几号人也只差山呼万岁了，一拥而爬上车，钉楔子般插进车厢。汽车冒着游刃似的寒风，出发了。勉强爬上秦岭，轮胎放炮了。司机大骂一串粗话，要大家下来，说要修车，说至少得修十个小时。恰好乘客里有个会修车的，所以只修了五小时。汽车再次启动了。

　　一路走一路乘客减少。到了终点站镇安县城，只剩十来个乘客，一下车，眨眼就不见了。他们是县城人，回家享福了。时间已下夜一点，小城安静得出奇，几粒昏黄的路灯如同墓地的鬼火。我的任务是投宿，明天再回乡下——还有一百多里路呢。可是，仅有的两家国营旅社死也喊不开门。那门被链条锁着，我连掀带推地把门弄得稀里哗啦乱响，仍不见任何反应。那时没有私人店铺，怎么办？总不能在野外冻死吧。为了性命，我决定走动一夜，保持体温。县城仅有两条街，所谓前街和后街，不到十分钟就走穿了。转回身再走。每每经过亲友的家门，我便驻足，几欲举手敲门——只需通报我的姓名，门便会开，便会迎我入内，生火，做饭，暖床。一句话，让我吃饱喝足，然后睡觉。但是我忍住没有敲门。我生性不愿叨扰别人，除非万不得已。也可能有一种自卑心理吧，因为我是乡下人。每进县城，我都尽量避见亲戚朋友。若双方都没躲过，只好打扰他们一回。虽然吃了他们的，喝了他们的，但在他们那种客客气气的外表下，我能感觉出暗流着一种不耐烦，一种被揩了油的心疼。如此世态我能理解，因为那年头家家都紧巴啊。再说他们，也难得到我的乡下吃回人情。然而当我以全县第一名的成绩考上大学后，一切都变了。那些我平常并不怎么熟悉的人，老远见了就笑眯眯地迎上来。

所以，公元1979年腊月二十八夜晚，不，是腊月二十九凌晨，我决定走动一夜，转悠到天明。我从前街走到后街，又由后街转到前街，弄不清走了多少匝。我能记清的是，我经过的两家门口，均贴了对联，一为红，一为白。从内容上看，一家结了婚，一家死了人。两家的对联颇具文采，书法也不错。我掏出笔和纸，记录对联，消磨时间。夜是越来越冷了，我默念一个伟人的相关教导，硬是坚持着走动。结婚的事是经常发生的，死人的事也是经常发生的，但是在冬天的夜晚里，在冷如冰窖的小县城的街道上走来走去，这种事却不是经常发生的。凡是不经常发生的事，便具有创造性的味道。这么一想，我不免浪漫起来：我这并不是以走动来保持体温，我这是雪夜漫步哩！这么一想，心头大喜，乃吟香吐玉，朗诵起《春江花月夜》了：春江潮水连海平，海上明月共潮生……

然而起风了，下雪了，风裹乱雪穿街走巷。借路灯一看手表，下夜三点啦。这段时间通常被称作黎明前的黑暗，顶不住喽。加之饿神袭来，一摸背篼，两个小笼包子被冻成了两个健身球。此时，刚散步到后街，听得吱呀一声，风，掀开一家木板门，隐约看见里面有灯光。

　　我本能地走了进去。猜想这街面房，无非是又窄又深的房子。刚跨进门槛，就见到一副白木棺材，满地刨花，棺材盖尚未拼拢呢。当下感到晦气，正要退出时，里面传来说话声："谁呀？进来吧！"随之是一连串的咳嗽声，吐痰声。是个老汉声音，听上去含着善意。所以我就进到里间，只见一个老人躺在床上。在头顶那盏十来瓦的灯泡的光照下，老汉的脑袋皱纹密布，如一颗大核桃。在他咳嗽吐痰的时候，我一直盯着盖在他身上的那床油腻黑亮但却很厚实的被子。我想象着在这样的被子里一定很温暖很舒服。当老人不再喘粗气时，他问我是怎么回事。我如实回答了。他说："你，要是，不嫌弃的话，就，就跟我睡。"

　　我要的正是这句话！我迅速脱掉鞋袜，一骨碌钻进被窝，与老人打对儿。老人两手搂住我的双脚，说："冰的！"老人双手瘦如火钳，但是很热。几分钟后，一股热流由我的脚掌沿着我的双腿汩汩上爬。老人要我脱了衣服，说那样会更好的。我就脱掉衣服，果然一下子接纳了大面积的温暖。很快，一股浓重的睡意袭上我的眉心，但我使劲地捏捏鼻尖，忍住了。我应该跟老人拉拉家常，不能就此睡过去。

"大爷，你晚上怎么不闩门啊？"我想起方才的情景。"关啥子门哦，又没值钱的东西。"老人说，"一年四季，也没人到我这来。"聊下去才算明白，老人三十年前丧偶，独自一人将两个儿子拉扯大。如今，一个儿子在县委谋事，一个在乡下工作。但是，"我把他们得罪了"。分家时，老人把街面房给了小儿子，后面房给了大儿子。结果大儿子嫌后面房没出路，小儿子嫌街面房面积小。"他俩你见不得我、我见不得你，见面就吵，尿不到一个壶里，索性不回家了！"停了会儿，老人又说："倒是给我做棺材，俩娃意见相同，各出二百元，都盼我死哈。"

我觉得肚子饿了，就把手伸出被窝，从兜里掏出那两个小笼包子，折回被窝，意在暖热暖软了吃。老人叫我自个下床，倒些暖瓶里的热水。热水就包子，不然会冰出病的。正要睡着，觉得胸口痒痒。一摸，是个胖虱，捉住它，挪到两个指甲间，挤死它拉倒。忽一想，放生了。在这样一个夜晚，开杀戒是不妥的，因为这个小生灵蕴含着人间的温暖。再说留着它，也好给老人做个伴儿。

不知何时，我被一阵砍、锛、钉、锯的声音闹醒。起身一看，天早大亮，两个木匠开始做棺材了。告辞的时候，我想给老人掏几块钱，表达个意思，又觉生分，便将多半盒"金丝猴"香烟留下。并抽出一支，亲自给老人点燃，递上。可是老人硬是只接这一支烟，而且并不吸，其余的烟坚决让我拿走。"小伙子，你知道吗，整整十五年了，没一个人跟我睡过——咱俩有缘咧。"

在老人的咳嗽吐痰声中，我走了。到车站一问，没车，只好冒着大雪步行。一百二十里山路，我走得很快，不久即浑身发热，脱去棉衣，顿有夏天之爽快。到家门时，傍晚的炊烟刚刚升上房顶，袅袅款款，如梦如花……

（1992年）

喂猪的农妇

动物也有自己的语言，会说不会写而已，即使猪也不例外。一位农妇肯定地告诉我：猪会说话！喂猪时，农妇问：好吃不？猪说：哼哼。意思是还好。猪说：哼哼哼。意思是凑合着吃吧。猪说：哼！意思再明显不过了，类似于他妈的，要求添加饲料。猪在表达对饭菜的不满时，总是连拱带挑，两条前腿左移右动，而尾巴则硬硬的，没兴趣摇摆了。

山里人家居住分散，平日各忙各的生计，见面少说话也少，所以常跟家畜说话。农妇喂猪时总是对猪嘟囔不休："你嘴巴还这么挑剔！给你加了两捧麦麸你还嫌少！

你都三个月了还不吃草！你又不是吃商品粮的！看你，说着说着又乱拱！你这个月吃了三升苞谷，才长了七斤！你知道一升苞谷多少钱？一升苞谷四块钱呀！光吃不长肉，你真会吃昧心食！你这该狼咬的，豹子拖的……"

别看农妇语言歹毒，其实特别心疼猪，猪是她的劳动果实，更是她勤俭持家的明证。猪大猪肥了，卖了钱，可给一家老小扯衣服；自家杀了，丈夫孩子好吃肉。所以，她像养孩子一样养猪。卖猪的那天，她要送猪上路，送到看不见的地方为止，回来闷闷不乐的，几天吃饭都没味儿。要是自家杀猪，杀猪的这天，她必定要躲得远远的，手捂耳朵，但耳朵捂不严，猪的惨叫声还是从指缝钻进耳朵，她的眼泪就出来了。而且，新鲜肉她是一口也吃不下去的，甚至气味都不敢闻。

我问一位养猪的农妇：猪死时的那种吼叫是不是说"救命哪、救命哪"？

"不！它是说——我才不告诉你呢，我一说，你要说我骂乡长哩。"

（1994年）

壶口

太阳当顶的时候，我离开同行的游人，独自坐在壶口瀑布西侧的一块石头上，看着，听着，想着。五月，是黄河最文静的季节，其流量是八月的十分之一、二十分之一，是四月的四分之一，甚至四十分之一。尽管如此，五月的黄河壶口瀑布依然吼叫着很大的响声，因为它毕竟是国之河、王之河、天之骄河，任何一个季节都不失其浩然大气。

对壶口瀑布的描写，一个"砸"字足矣！

宽阔的河床驮着黄河之水平缓而来，到了壶口，河床突然被切断，断出一个四十米高的峭壁，黄河会怎样呢？

黄河来不及思考，一秒钟的思考时间也没有，便你掀我挤咕哩咙咚砸将下去。这么一砸，便把黄河砸躁了，它不管不顾豁出去了，索性一失足成千古砸，砸响十里雷鸣，砸乱雪浪水烟，砸起迫天长虹。

如果问游人：看了壶口，你能联想怎样一个抽象的词？各人的联想肯定不一样。我联想的词是——革命。毛泽东对于革命有过一段名言，三十五岁以上的中国人，大概都会背诵，甚至能唱出来。

壶口瀑布位于黄河中游的秦晋大峡谷中段。请注意，是中游。壶口，是黄河的门槛，是黄河的"本命年"。黄河在壶口一个闪跌，闪跌成名扬天下的景观。事实上，那是黄河在发脾气，在骂娘，犹如人生在本命年上遇到各种意想不到的坎坷时，发躁骂娘一样。

刚刚过去的1994年是我的本命年。1994年我三十六岁，经历了生活的周折与心灵的闪跌，颇有几分空前绝后的意味。所以，当我1995年5月11日坐在石头上看瀑布、看黄河的"本命年"时，我会心一笑，不必说半句话了。

（1994年）

奔年过秦岭

春节从腊月的挤车开始。这辆中巴二十来个座位，却挤了四十多人，可谓胡子与青丝纠缠，胳膊蹭大腿叮咣。我坐在靠门口的一只小木凳上，六分之一屁股蛋子搭着小凳的一个角儿。但我并不怎么难受，连听觉也丧失了，因为我手捧一本有趣书，读得颇入迷。

而车一出站，就堵住了。堵车是城市生活的家常便饭，人们早就习以为常。第三次堵车的时候，不知从何处跑来一个女人，喊叫开门。车内人齐喊：不敢拉人了不敢拉人了！可车主还是开了门，说："不是拉人，拉钱嘛。"

那女人一上车，就提起一条腿竖在我的胸前，说：

"我怎么坐呢？好兄弟，让条缝儿吧，都是出门人，将就将就吧！"我身子挣扎着扭了扭，证明确实腾不出一丝空儿。可是那条腿依然举在我的额前、吊在我的书上。我不免气恼，怎么能这样呢？要恭敬书呀！但我克制着没发作，因为我是男人，在女人面前应保持宽容自重。于是我偏了脖子低下头，借着车门玻璃透进来的光，看书。我想，你就高举着你的腿吧，看你能高举多久。

"好兄弟，你怎么一点同情心都没有呢？你瞧我这样是挺难受的，可你也看不成书呀。实话告诉你吧，我是业余体操队的，这个动作我可以保持两小时。"

我大为惊骇，只好又挣扎着扭扭身子，可依然无效。

我气不打一处来，说："都怪你们女人，生出这么多人！"

"呀，我看你是念书念瓜了，怎么说这号糊涂话？没你们男人骚情，女人咋生！"

这句话把我逗笑了。此女形体壮硕，脸盘白而阔朗，看上去四十左右，在车内的微光下，显出些许的韵致，因有求于人，那点残韵就加倍地奉献出来了。

我的心软了，猛一使劲站将起来。我对车上的人发了一通演讲，我说朋友们，大家都急着回家过春节，请各位再相互挤一挤，腿也不要张开占地方，把手提起来放在邻座的肩膀上……

我的话毫无效果。不仅如此，我站起来演讲了半天，而我自己竟不能再坐下去了。在我站起来时，那女人的腿就放了下来，有了着落，我俩面对面，几乎是紧贴身子地站着。这个场景使人十分难堪，应属扫黄之列。为了减弱难堪，我勉强侧过身子，书是没法看了。从那女人的脸上、颈上和鬓角散发出一缕缕气息，微妙强大，熏人难言。

好在道路疏通了。车一动，再晃荡一阵子，便松动出一些空隙。我仍坐回小凳子上，她则坐在旁边一个打工仔的铺盖卷上。

车出西安城，速度快将起来，天也渐黑。这时我的大腿外侧被顶得生疼，一看，是那女人膝盖顶的。我忍了忍，终于撑不住，就对那女人说："你能不能缩缩膝盖？实在顶得人不舒服呀。"

"往哪儿缩你说？挤车当然不舒服啦，要图舒服就别出门嘛。"

老天爷，人怎么能这样呢？就算没地方缩腿，话也不该这么说嘛。

"我建议你脱掉鞋，把腿架到别人的腿上，这样省地方些。"

我并非真的建议那女人脱鞋架腿，即使她不懂幽默真的脱了鞋，她也应该明白——只需稍微偏一下方向，就可把她的腿架到我斜对面的那个年轻女人的双膝上。她若照我说的去动作，算是文明的，不招非议的。

"你以为我不敢？我都老太婆了，啥事没见过！"那女人果真立刻脱了鞋，而双腿却伸到我的怀里，如两条铁轨铺将过来。

这真是祸从口出，没事找事！

"能否请您把两条美腿稍微朝上抬一抬？您压了书，我不值钱，但书值钱。"

她抬了抬腿。我抽出书，将书从领口塞进毛衣。那女人说："老弟，我也建议你别贪书，书看多了说话酸不叽叽的，为人处世常是软蛋——你八成经常吃亏是吧？"

我感慨不已，恍然大悟：真理真的是人民创造的。

她的双腿架在我的腿上，却并不安分，还不住地颤悠着。颤腿这种事，是经常发生的：客厅聊天到了佳境，要颤腿；副职想爬上正职，提着礼品到上司那儿行贿时，要颤腿；老式电影院里坐在连体长条椅上，总被某观众颤腿振动得心烦；在冬天的旷野里撒尿时要颤腿……然而，一个女人在另一个不是自家丈夫的男人的腿上大颤其腿，且颤悠得舒舒服服自带节奏三节拍没完没了，真是骇人听闻！

　　我承认我的耐心是有极限的。我只好在心里自我幽默了。我想：如果我妻子看见这情景大概要抓这女人脸的，揪她头发吐口水的——打架结束回到家里，必定让我写检讨的，并会用一些女人的古怪的方式来惩罚我。不过，也许，妻子见她丈夫承着别的女人的双腿，会对那女人说：好，你把这累赘拿去吧，我实在当够了饲养员！但是，如果这女人的丈夫出现了呢？那该我倒大霉了……

　　正在我胡乱玄想时，怀里的腿不颤悠了。原来，车坏了。司机大骂一通，吼叫：都下去自己挡车走！

　　此处秦岭半山，飘盐飞雪，丝丝寒风如千万根冰凉的银针扎脸戳颈。我们也吼叫抱怨：车主只顾塞人赚钱，平日为何不保养车？车主说：车跟人一样也会得急症的，你有什么法子！

于是我们如蚂蚁被开水烫了般，在公路上一会儿散开一会儿绣堆。但是，没有一辆车愿意停下来。

腊月的客车都是满的，我们就把希望寄托在卡车上。那个女人站在路中央，呈大字开放状，每来一辆车，就见她双手挥舞："停车停车！行行好吧，我要急着回去给娃喂奶！"

她叉在路中央，车不得不停——但她刚一侧身要跟司机说什么，车又轰的一声走了。她就拼命追着，骂着，诅咒这辆车一过秦岭就翻下崖去。她追车的时候，后面又来了车，车灯照着她的后脑勺。我看见她的后脑勺挽着一个黑苹果似的发髻，这种发髻通常让人觉着温顺与贤良，于是我顿生怜悯，走上去劝她道："你别这样拦车，咱们还是等着车主给拦吧。"

"你谁？你管你自己吧。咱俩比比看，到底谁先挡车走！"

我当然清楚女人拦车是占优势的，但我生气的是，你的腿在我膝上架了两小时，不领情也罢，反倒拿这种对付歹人的语气跟我讲话！我一向热爱妇女，居然落此下场！

我心灰意冷，扛上米袋就走。这是报社发的一袋泰国大米，此时成了"鸡肋"，弃之可惜，扛着累人。但必须扛回去，常言说：酒肉朋友，米面夫妻，妻子是领导，若是空手回家过年，领导能给啥脸色可想而知。

我离开众人，借着雪光及偶尔出现的汽车灯光，朝前走着。我其实是耍一个小小阴谋，因为到了前边，再来车时见只我一个，没准就停下了。然而我挡了两次，仍没挡住。最后我也学那女人样，叉到路中央，硬是截住了一辆零担车。吸取方才那女人的教训，车一减速，我立刻跳上车踏板，而车仍缓缓地行着。

司机摇下玻璃，里边果然能加塞一个，令我喜出望外。我给司机说我是记者，并掏出记者证，说明原委。可就在这时，那女人也撵上来，一步蹿上踏板把我的脑袋拨到一边，气喘吁吁说："司机同志把我捎上吧！我要给娃喂奶！奶憋的……我说记者同志，你们不是经常写文章学雷锋吗？今天就实打实地学回雷锋吧！"

我的肺都要气炸了，说什么也不让她上车。

"你不学雷锋拉倒！你要是能说出你先走的道理，我就让你先走！"

"好！你说你有孩子吃奶，是撒谎！如果你这个年龄还生孩子，那你就是超生游击队。你犯了法，你不能先走！"

"你怎么不问问孩子是谁生的？告诉你，是我娃他老师生的！娃他老师生下孩子没奶，一检查，是乳腺癌！我要帮她奶孩子！我吃了很多药，还打了针才发出奶来！"

"你真是谎话专家！"

那女人一急，哭了，解开衣服，线衣上果然有两坨湿印。

我无话可说，就下了踏板。

可是司机却说："咱们挤一挤吧，过年都不容易。"

那女人一抹眼泪，笑着说：

"兄弟，你上来，老姐把你抱上！"

（1995年）

我的教书生涯

我是陕西镇安人。镇安是秦岭南麓的一个大山区县。我家住在县的东南方，是个小小的山川；我父亲在县的西北方教书，那地方叫云镇，小有名气，距我家二百里路。

我中学毕业，回家务农，父亲觉得可惜可怜，就想办法让我出外谋生。他在云镇教小学，镇上当然也有一所高级中学。中学的教员，多半是大地方来的大学毕业生，北京的，上海的，浙江的，西安的。他们多半出身不好，被分到遥远的大山深处教书，是迫不得已的。他们当然不安心工作，却又无法调走，故消极怠工，经常制造假电报回家，回去就装病，请长假。如此一来，学校只好请临时教员代理。

校长姓魏，与我父亲要好。父亲向校长介绍了我的情况，校长就问："你儿子能当代理教师吗？"父亲把我大吹了一通，拿出我写给他的信让校长看。校长看后，说："叫小伙子来试试吧！恰好我们学校缺个人，是个物理教师，回西安'治病'去了。"

父亲捎来信，母亲连夜给我收拾被褥。待左邻右舍，以及能看见的人家窗户全熄了灯后，就催我悄悄出门。若是天大亮后，被生产队长看见，就抓住不放行了。

走了一夜黑路，终生难忘。

到了那所中学，一试讲，还行。经过校方调整，我当然不会代物理，而是代语文。每月代理工资三十三元，真是一大笔钱啊，因为那时，民办教师一月才拿十二元钱，一个农民的劳动日值也才一两毛钱。

我代的是初中毕业班。我十七岁，班上有四个学生年龄比我大，且女生不少，所以初开始，课堂过于自由散漫。但是几节课下来，情况就变了，因为我不时穿插些古典小说的有趣情节。

但是课余情况就不一样了。我的宿舍与女生宿舍紧隔壁，二者相隔半截土墙，声音在纸糊的顶棚之上流通无阻。我那时爱吹口琴，有天晚上刚吹一曲，隔壁的女生就喊叫起来："吹得好不好？""好！""再来一个要不要？""要！"然后嘻嘻哈哈，笑得疯作一团，间以打嗝儿声，显然是相互挠痒痒所致。

我紧张得气也不敢出，以后再不敢吹口琴了。

那时的教育方针是毛主席的"五七指示"，即"学工、学农、学军，也要批判资产阶级"。山区学校因地制宜，多半时间用到农业劳动上。学校的农场在河的上游，一个全是原始森林的山沟。记得一次，老师们带领学生往农场送粪，我惊讶地发现，那个山沟里居然有一座庄院，黑瓦白墙，布置得错落幽雅，像《聊斋志异》中的一幅插图，我想象里的员外、小姐、相公就生活在这样的庄院里……后来才知道，这是我们县最大的地主庄园！

一个假期过后，当我再到学校时，那位在西安"治病"的物理老师回来了，我就没必要继续代理了。我代的那个班，几年后考上了五名大学生。这固然不是我的功劳，但我毕竟教过他们，所以他们叫我"方老师"，我答应得自自然然而不脸红。

从云镇中学后面，翻过山去，叫红洞公社。我记不清是什么原因，红洞中学正缺个教师。父亲托人联络，我再次去代教。背上铺盖卷儿，坐手扶拖拉机去的。

但是，我只教了半个月，就被校方婉退了，原因是当地有许多与我一样的高中毕业生也想教书，他们联名状告校长，说校长受了贿赂用外乡人。

我领了十六块钱，再次背上铺盖卷儿逃之夭夭。黑夜翻山，但我并不感觉怕，只觉得人生在世，谋一口饭吃咋就这么难啊。

父亲的学校有个女教师，她丈夫是个公社书记，那公社叫双庙公社。云镇到双庙四五十里路，走小路要翻两座山。双庙中学有个教师上"大学"了——县上办的"五七大学"——空个位子。父亲给那女教师说好话，女教师给她丈夫说好话。总之，颇费周折，我又翻山越岭地去"传道、授业、解惑"了。

在这个学校，我代过语文、数学、音乐、体育、农知，因为学校没有课表，每天早操结束，校长才安排今天谁谁代什么课。校长很赏识我，打算将我的户口上到附近某个生产队，逐步让我当上正式的民办教师。这是我当时的最大理想。

学校的主要任务照例是劳动，要么开荒种地，要么帮农民收粮食。其实，大家都喜欢帮农民收粮食，因为革命师生能借此吃饱肚子。老师总是吃小灶，还能喝上玉米秆酿的酒。

这年秋天，毛主席去世了。一连几天晚上，窗外传来狼和狐的叫声。我怕得要命，就拉二胡壮胆。校长第二天批评我："不知道伟大领袖去世期间停止一切娱乐活动吗？"惊得我一身冷汗。

学校建在半山坡上，晚上害怕又不能拉二胡，就写了篇怀念毛主席的文章。第二天邮递员来了，交他带到镇上寄给《人民日报》。这是我平生第一次写作、第一次投稿。之所以投给《人民日报》，是因为学校只订了《人民日报》。

追悼会那天，雨大得要命。人们都说，毛主席老了，天都哭了。全公社不到三千人口，似乎都来了，许多母亲抱着孩子站在雨地里。

天晴之后，我们继续下乡帮农民收粮食。在一个山沟，一个老师说那儿有个姑娘挺不错，是个独生女，他想牵个红线，让我去当上门女婿。他还说，他已经通知了人家，人家决定招待我们全体老师。果然，我们去大吃了一顿丰盛的饭菜，那女子出出进进，目我数次。她只念了三年小学，家里的日子很殷实。是个胖胖的女子，红润而健康。不足之处是形体缺乏线条感。我虽然正值十八岁，但我的心并没有激动起来。

临学期结束，我收到《人民日报》的退稿，稿中夹一铅印字条，大意是：尊稿收读，感谢支持。惜版面有限，同类稿件积压太多，一时难以见报，故退还云云。

自此，直到后来考上大学，我再也没有写过"文学"。

我带了攒下的五十元钱，和勤工俭学熬制的几斤玉米糖，回到我母亲身边。过完春节，从老家赶到父亲那儿时，父亲叹了口气告诉我，说那个学校又去不成了，因为被我代理的那个教师已从"五七大学"毕业回来了。

事情巧得很，也许我的教书生涯不该结束，河对岸的一个大队小学，叫作花园小学，有个女教师坐月子，要请人代理。父亲也向我打包票，说他跟镇上的书记关系很好，书记答应解决我的民办教师问题。总之，先当代理教师过渡过渡，月工资不给钱，只给三十斤粮。为了这个美差，父亲还请大队长吃了一顿。

　　这所学校，有个特殊人物，居然是个飞行员！此人年龄不大，却胡子拉碴，衣着又脏又烂，烟瘾奇大，吐出的烟分作两股，弓形钻回鼻孔。篮球也打得极好。熟了之后，我到他那破烂不堪的家里去玩，反复央求，他才拿出他当飞行员时的照片。他驾驶的是米格-23苏制战斗机，穿着皮夹克飞行服，正潇洒地探出机舱下舷梯。问他为什么回来了，他说："都怪我们的首长上了林彪的贼船，我们也就带上灾了。"

　　后来从别人嘴里，才知道他回来还有一个原因，或许是最重要的原因。他回家探亲时，爱上了镇商店的一个营业员，当然很漂亮，属于"镇花"档次。但那女子家庭出身反动，部队知道后，明确告诉他：要么跟那女子好你回家；要么跟那女子断绝关系你继续留部队开飞机。他以为是吓唬他的，继续享受他的爱情。结果让他滚回老家了，爱情也完蛋了。

他还不是正式民办教师，每月只拿六元钱。

我住在父亲的学校，早去晚归，到河对岸下方的小学上课。那河，是一条宁谧的小河，鱼儿在鹅卵石间上蹿下跳，夹岸杨柳，风动鸟出，春飘花絮，秋落黄叶。每天下午，在我放学回来的时候，总能看见一个姑娘在河里洗衣服。几十年后，我还清晰地记得她在青石板上搓衣服的神态。她非常苗条，绛红的灯芯绒衣服夺目灼人。她的脸上似有一点胎记，也许是后天造成的伤疤，但她那澄澈明亮的黑眼睛，以及那静若睡莲的优雅气质，深深地迷住了我。我忘记了苦难，一朵娇嫩的幼芽在我那孤寂的睡梦中悄悄萌动。

河上有一座桥，我拿一本书，扶在桥栏上读。每当我看那桥下的洗衣女子，她也正好抬头看我，脸就红了，就迅速低头搓衣了。一辆卡车驰过桥面，灰尘扑了我一脸，我掏出手绢擦脸，手绢被风刮走了，刮落河里，流到那女子前面。她挽起裤腿，跳到河中央抓起手绢。我紧张而幸福地看着这一切，只见她并不看我，而是端详了一下手绢，便搭上肥皂，搓洗干净。做了这一切，她拧干手绢，铺到一块石头上，又从水中捞起四颗干净石子儿，压住手绢的四个角儿。然后她端起衣盆走了。

我走到河里，但见手绢冒出微妙的热气。原来，石头被太阳烤了半天，湿手绢铺在上面，能不激动得冒热气嘛……

我在那所小学只教了一学期，又滚蛋了，因为那位女教师不可能永远坐在月子里不出来。加之大队长要坚决安排他的侄子教书，我这个外乡人要在那儿当民办教师，无异于挖他的祖坟。我能理解这些，如果我是大队长，大概也是这德行！

问题是，我给他们教了五个月的书，该给我的一百五十斤口粮，他们一粒未给。父亲曾背着我，去讨要了几次，只能是气得满面乌青地空手而归。

"我没本事，"父亲低着头对我说，"你还是回老家吧。"

于是我回老家了，户口也原封未动地随身带回老家，继续当农民了。在一年半时间里，我教了四所学校，终归没有当成民办教师。

我三岁时，父亲与母亲离婚了。他重新成家后生了好几个孩子，负担极重，压根顾不上管我。所以我的整个少年时代一直对他充满了怨恨。然而他终归是我的父亲，在我人生最困难的时候，他伸出了父爱之手。

父亲只是一名普通的小学教员，有洁癖，且自尊得要命；但是为了儿子，他求人看脸，竭尽全力了。当我也成了父亲，当我风雨无阻地接送我儿上学，当别人的自行车撞了我儿我平生第一次挥拳打人时，我这才想起我的父亲也是非常钟爱我的。我每发一篇文章，父亲但凡见了都要认真阅读，并把那报刊放到显眼处，让周围的人分享他的自豪……可惜他去世太早了，年仅五十七岁。

他叫方周琰。对我而言，世上没有比这更重要、更伟大的名字了。

（1995年）

虎意

　　老虎其实并不凶。它的凶只表现在因饥饿而捕食的刹那间。它一旦吃饱，即刻显出它那天然的温情懒散。它卧在草地上，或森林间的开阔地带，晒太阳，睡觉。

　　老虎嗜睡，或经常处于似睡非睡状态，这是某种大智大勇的特征。所谓的虎气，并不单指虎的英雄气概，还涵养着虎的呆气、痴气和憨气。机敏聪灵只表现在弱小动物身上，因为它们弱小，不机敏聪灵便不足以存活。老虎是不屑于此等伎俩的。老虎走到哪儿，哪儿就是它的卧榻。老虎睡觉时不用警卫，不必像兔子那样两耳竖起、四脚紧缩腹部以便随时奔逃；老虎要睡就仰着躺着，四脚散淡地伸直，而且打鼾。即使如此，睡眠中的老虎仍发出一种肉眼看不见的强大的气场，这气场向四周辐射，从而形成一片以老虎为中心的和平的土地。可见自由王国只能脱胎于强大王国。

老虎不爱喊叫、不爱讲话，这与雀鸟形成鲜明对比。雀鸟总是无休止地歌吟着，目的在于提高自己的知名度，以引起人们关注它们那卑微的形体。老虎因为享有盛名，所以很不理解雀鸟的浅薄虚荣。于是老虎继续睡觉。没有谁敢打扰虎梦。但是一只蝴蝶落到老虎鼻子上，颤动着美丽的羽翅。老虎就醒了。它本想摇动脑袋赶走蝴蝶，可又否决了这个想法，慈祥仁爱地看着蝴蝶，尽力保持安静，以免惊飞漂亮的精灵。君主也是这样。君主的仁爱只赐给那些不觊觎他王位的爱卿。面对蝴蝶、蜻蜓、画眉之类精致的小生灵，威风凛凛的老虎一变为温情脉脉，每一根毛发都充满了母性的宽容和痴憨。

所以，民间女人爱做虎头鞋、虎腰枕、虎纹裙。女子婚后，最大理想是给丈夫生个虎头虎脑的胖小子。

虎是大自然最高贵的杰作之一。它优雅强健，刚柔并举，凶猛又缠绵。它奔驰起来如飓风如闪电，它捕食果腹如天下无敌的斗士，它静睡溪畔又如万般娇懒的美妇了。它经常高卧山岗，一声不吭地欣赏着万类霜天竞自由。它非常清楚，凡语言所能表达的，均是一些琐碎的小道理罢了。如果把老虎比作人，那只有将诸葛亮、张飞、貂蝉三人合为一体才能对等。

许多书法家爱写虎字，许多画家爱画虎形，于是有了这样一个传说：某地举办一个虎题材书画展，一只老虎闻讯也来参观。老虎看毕，笑着留言道：

"你画你的老虎，我长我的骨头。"

（1995年）

峨眉笔记

我始终没有学会写游记，尤其对于风景名胜的游记。天下的佳山丽水，早被无数的先贤墨客描摹过了，以我的笨拙之笔，还能写出什么新意呢？

1998年7月底，峨眉山风景名胜区管委会邀请西安的几个文化人去游玩，我是其中之一。说实话，我对风景名胜劲头不大，原因还是前面说的，那些地方人人向往，我再去无非是吃剩饭；相比之下，我更喜欢约一二知友去荒山野岭闲逛。在我的出游观里，只要离开城市，哪里人少，哪里就是好风景。因而又以为，凡是我没去过的地方，便是天下的好地方。四川我没去过，四川自然是好地方，因而我很乐意去。

你在哪里，太阳就在哪里

峨眉山脚下，立一人造巨石，上书"震旦第一"四字，出自一个印度和尚之口，意为中国乃日出之邦，峨眉山乃中国第一山。过去，只听说过"日出扶桑"——太阳是从东海那边的日本国出来的。那么在日本人的感觉里，太阳又是从哪儿出来的？没考证过，想来总不至于是从他们家的"榻榻米"里出来的吧。于是推测日本人可能认为，太阳是从夏威夷出来的。夏威夷人认为太阳是从美利坚出来的。山姆大叔认为太阳是从葡萄牙出来的。葡萄牙人说太阳是从以色列出来的。以色列人说从印度出来的……绕了一个完整的圆圈。太阳究竟从哪儿出来？标准答案是：日出东方。或者说，祖先把日出的方位命名为东方。

我在二十岁前，一直认定太阳是从我家后山上出来的。我家的那排瓦房，紧靠一脉矮山。那山像一条龙，由南向北爬去。爬的中途，撅了一下屁股，便形成一个浑圆。我家那排房子，就建在浑圆的屁股上。前门有一棵桑树，晨鸡打鸣我睁眼，从猫儿穿破窗纸的洞里，看见桑树的上半截一片翠金，就知道太阳从后山升起来了。

实际上，除开南、北两极的特定季节，地球上的任何一个地方，都是太阳既能升起、又能降落的东方，除非地球罢工不转了。

谁为天下第一山

峨眉山是天下第一山吗？也是，也不是。假如峨眉山天下第一，那么泰山不生气吗？庐山不委屈吗？华山没意见吗？而在我心中，天下第一山当属安岭山。安岭山极小，极没名，跟我一样。此山脚下有一块缓地，缓地上有一个小学堂，我在此学堂读书启蒙。学校后面埋着一对母子，即我的祖父和祖父的母亲。对我们每一个人来讲，天下无论什么名山，除开与我们的根脉有关，它均属于第二山、第三山。

我想再来一点闲笔。

王勃在《滕王阁序》里有两句名言："物华天

宝""人杰地灵"。后人在介绍一个地方，尤其是介绍自个的家乡时，都爱借用这八个字，结果就成了——九百六十万平方公里的中国，无一寸土地不是"物华天宝""人杰地灵"。果真如此，那我们还有必要引资建设、力抓教育吗？另外还有六个字，叫作"兵家必争之地"，不知源自何处，反正也是滥用，滥用时的心态能想见是很得意的，这除了说明中华民族饱受战乱之苦外，还能给我们什么美感呢？

峨眉山的声音

峨眉山的寺院很多，我独喜山脚的伏虎寺。我家有吃斋念佛之风，但我游山时，却不喜欢进寺院。我受不了香火味的熏袭，还有那阴湿的帐幔散发出来的霉气，令人头晕腿软。加之，所有的寺院，逛到最深，照例是一样的"大雄宝殿"。这在建筑美学上，是一个老套，不能给人以惊讶。

伏虎寺在建筑上更像一座园林，有苏州园林的巧，又不失北国园林的大。亭，游廊，石子甬路，花卉，青树，竹与泉，飞来绕去的藤蔓，由于这些东西的铺陈渲染，其间的庙堂与禅房就显得极有雅韵，非常清纯。

一进山门，扑面而来的清幽，使我顿生一个念头：此处可了吾残生也！谁料却是个尼姑庵。不远处，隔一小山梁，就是报国寺了。

同行的人纷纷选景留影，我则独坐石条凳，吸烟。一个戴眼镜的学院派尼姑斜了我一眼，我才知道此处原来不准吸烟。

尼姑们多半年纪不大，虽脑袋秃青，着灰色衣裤，穿圆口布鞋，步履如猫儿般无声无息；但那一身的韶光，也不管佛生不生气，依然往外流泻不止，一如水从高处自然地流向低处。她们戴手表，看电视，用煤气灶，在自来水龙头下拿洗衣机搅衣服。衣服搭到铁丝上，一任云雾的抚拥，微风的飘摇。她们何以如此健康钟灵？因为她们是女人，年轻的、未被"污染"的女人；即使被"污染"过，现已完全掸去污染的女人。她们有信仰，有灵魂归宿，因而是一群暂时栖居山林、暂时过着世俗生活的人间仙子。

是的，这里确实静幽极了，尤其是当树上的蝉鸣如水波一般层层荡来时，这种静幽简直让人舒美得要哭了！这里的蝉声，是我从未听过的，那声音很老，很重，嗡嗡呛呛，如金石相击。这里的蝉，是蝉界里拥有最高级职称的蝉精，它的祖先，一定给很多龙种俊彦演唱过，比如老子、孔子那一个档次的人物，或者如苏东坡那一种罕见而美丽的男人。

一座山如果有声音的话，那么峨眉山的声音就是峨眉山的蝉鸣了。可是，我只闻蝉声却不见蝉影，最终还是在伏虎寺的一棵树上发现了它——它很苗条，身长只及钢笔的三分之一，灰色，如尼姑们的衣服，贞节地合成一个燕尾，优雅极了！我捏了纸蛋儿，一扬手，击中了它，它微抖了一下，没有飞走，依然呛呛咣咣地叫着，声音如非常纯粹的金属，又深情，又投入。

我好像悟出这个地方何以叫伏虎寺了。

老虎纵横天下，混了个百兽之王的头衔，又有什么意思？忽然来到这里，那一颗野心就被这儿如此静幽的蝉声留住，于是骨头软了，不降自服了。

锁阳年代

由山脚至峨眉极顶，五十余公里，穿林越涧，四季交叠，一晃而过。一个来小时后，就扑上援引殿。然后穿上军大衣，乘坐宽敞的缆车，直抵顶峰。

这样的游山，快是快，气派也气派，只是没有丝毫的超然悠闲。交通工具的发达，生活节奏的加快，使得现代人共同患了一种病，我姑且称它为"提速病"，即在最短的时间内，达到最终极的目的。旅游是现代人的生活内容之一，几乎每一个城市人都曾出游过。可是，却不曾出现半个徐霞客那样的游记作家，谢灵运那样的山水诗人。为什么？因为都患了"提速病"。

山上雾大雾浓，只能看见一堆堆鼓动翻涌的乱棉絮，景物是一丝儿也没有，更别说什么佛光了。索性吃毕川菜即下山。

下山弃车步行，饶有趣味。竹林树丛间的石级路，干净极了。每至稍缓的坦地，总有别致的房舍、委婉的曲廊，茶摊与小卖，更多的则是兜售中药的。峨眉山是个大中药铺，锁阳是其代表作之一，就其字面即可看出，所谓锁阳，乃固精壮阳之意也。

沿途都有抬滑竿的小伙子纠缠，我说我不坐，坐上去像军阀恶霸。抬滑竿的说，你不坐才是军阀恶霸，因为你不让我们挣钱活命娶媳妇。我掏出五块钱给滑竿，滑竿不接，说他们是劳动者，不是乞丐。我只好坐上去，悠悠地上，荡荡地下。小伙子个头矮，但是抬滑竿久了，也能快步如飞——为的是早早抬到目的地，好收银子。而我呢，则要细品风景。但我没要他们放慢。他们为了挣钱，我为了悦目，不是一个阶级的人，思想难统一，索性不做统一的努力。

"你们抬得这么快，心里是不是想着——权当抬了一头猪？"

"你怎么这样想呀先生！你出钱，我们出力，最公平了，还要感谢你哩。"

停了一会儿，滑竿笑道："其实猪才不好抬呢，要绑牢了才行，还叫得人心烦。"

告别清音阁，即赶往五显岗，因为车在那儿等着我们。一家店妇，像阿庆嫂，比阿庆嫂丰腴点，冲大家吆喝道："先生们，配点锁阳带上吧，一百九十元一服，一生能来几回峨眉山呀！"

大家都笑着，指头点着业已登车的我，说我最需要。

阿庆嫂就将半个脑袋嵌进车窗，手拍我肩，耐心做我的思想工作："兄弟，你可不要错过机会！"

"谢谢。我下个月就出家啦。"

永远迷人的品格

峨眉山下，立一大牌坊，上书"天下名山"四个金字，为郭沫若手书。郭老未用"第一"，不大吻合他年轻时写《女神》的那种吞吐日月的大口气。可能因为峨眉山是他家乡的山，他得谦逊点，稍作斟酌，始以"名山"概之，倒也确实妥帖。

山，水，树，竹，草，花，药，猴，鸟，蝉，蝶，蛙，烟，霞，云，雾，霜，雪，风，雨，亭，台，楼，阁，桥，庙，廊，寺……声音与色彩，气味与温度……每一样东西都是既现实又空灵的，既妩媚又强劲的，可人而亲昵，快活而飘逸，热烈而幽默，显示了全方位的才华，和谐成一种博大，一种割云劈月般的伟岸，其自身的丰沛，心灵的源远，足以遗世独立，使其具备一种不朽的、永远迷人的品格。

峨眉山的品格就是苏东坡的品格。苏东坡正是眉山县人。余恼恨不能与先生同时代，不能为先生铺纸研墨、牵驴抓背！

（1998年）

吃人

　　人一旦不缺吃了，就要追求吃的境界。吃，分三个境界，一是为吃而吃，不吃就饿死，这是最基本的生物层面；二是寻找美味佳肴，某处新开了一家饭馆，或某饭馆又推出一道新菜，于是撵去品尝；而吃的第三个层次，亦即吃的最高境界，我以为是"吃人"。

　　所谓吃人，当然不是易子而食，也不是暴君吃谏臣心肝，更不是恶龙吃童女，而是指——如果接到一个饭局电话，你并不问吃啥好东西，也不管在如何雅致的地方吃，而是首先问：都是些谁？倘若全是些趣味相投的朋友，那么即使到荒村野店里喝稀粥，也兴高采烈。若人不对味，纵然去那镶满钻石的大酒店，吃那从御膳房里端出来的龙肝凤胆，大约也会不情愿，必定要编个托词推掉饭局。

像我这种山农出身的小百姓，因为莫名其妙地骗了点虚名，所以饭局还是不少的。但是多数情况属于应酬陪坐，讲点笑话以娱众食客，吃毕返回，一肚子的悲哀。白吃酒宴还悲哀，听上去太矫情，却为事实。因此，我就尽量回避饭局，所以小偷拿了我的手机我反倒比小偷还高兴——不好找我啦！但仍有逃不脱的时候，那么饭后，就癞蛤蟆支桌子——硬撑着奋勇上前去买单，结局无非是让老婆臭骂一顿完事。

翻检一下我的日常食谱，我大约归类于草食动物之列。而海陆空动物的尸体，无论其如何高贵香艳，我的肠胃都无法平静地安葬它们。有一个胖子特别爱吃甲鱼和乌贼，某次白吃后，满身酒气地来求我写字。我笑了，让他掀起衣襟，抓起毛笔，在他那白白鼓鼓的肚皮上写了八个字："王八故里，乌贼之乡。"他酒醒后很生气，要报复我，也要给我肚子上题字。我只好自掀衣襟，让他出气呗。但内容是我自拟的："满腹山川，一腔秀美。"

我这里绝无自我作秀玩高雅的意思，只是强调吃饭这种琐事应该捎带着追求一种纯真的风韵。长安城的南门里，有一条文化街，全是字画店，不用味精，墨香已让人陶然。正是在这里，有一家饭馆特别对我脾气。首先，这里是农家饭菜，便宜又贴胃，给人以回归童年的感觉；其次，饭馆正处在碑林博物馆的青灰色的院墙外，多么有档次！假如不是这个博物馆，而是某个带音乐喷泉的、插着五彩旗像是开运动会的星级酒店，那又多么恶俗！而最最有情调的是这一点——你可以要求将餐桌搬到青砖石子铺就的街道上，边吃边享受着从树叶的缝隙筛落下来的白云阳光。那树，很有些岁数了，从唐代一直站到现在，站了一千多年，但依旧枝繁叶茂，它亲眼看见了唐诗宋词的诞生，这是何等肥美的滋润啊！在这样的树下吃饭饮酒，那是比听什么院士的报告更能获益的。而这一切的前提，则是我们几个毫无鸿鹄之志的燕雀，为吃而来，不怀功利，酣然散去，余香伴梦。

（2003年）

故园草稿

第一天

送母亲回到乡下的老屋，坐在桌前，写这篇文字。桌是大方桌，四十多年历史了，比我小不了几岁。它原是张旧桌子，从镇上买回来后，经过土漆一染，一下子青春鲜亮了。家里摆放一张这样的大方桌，立刻就有了某种豪华。只是如今，四周的人家都刷了白墙，仅剩我家依然泥巴土色。母亲觉得掉面子，多次要我回去，买石灰，刷一刷。我抽不出空，却也想了个好理由："别刷了，这是文物，我的故居嘛。"

高考前，我就是在这张大方桌上"青灯黄卷"的。母亲下地干活，中午回家，饭做好了，才把我叫起来。她在生产队里人缘好，我一个壮劳力，整天待在屋里不出工，队长也不怎么追究。当然也有人说母亲："你把儿子惯的，太阳当顶了才起床！考大学？太悬乎了吧！"

昨天下午一点，由西安乘火车回镇安，县上派车再送到乡下。走了一个半小时，车子一直开到门口停下。看了看红红的斜阳，再看看手机上的时间，刚五点。

家门一开，俩猫，一白一黄，两个门墩各卧一只。高门大户人家，卧狮子；农家院落，以猫护卫，算是各有风格。母亲说猫："你两个好啊，三个月没见了，还认得我呢。"白猫说："妙哦。"黄猫说："喵呜。"母亲给我说："这俩猫，一个是你二叔的，一个是英昆的（二叔老么）。可它们不喜欢在自己家里吃饭，就爱撵我的饭碗。"我说猫跟小娃一样，总是觉得别人家的饭香。又开玩笑说："你吃素饭，猫来要吃，实在是看得起你呀。"

二婶来了，说我们刚回来，冰锅冷灶的，要给我们做饭吃。母亲一生刚硬，又最不情愿叨扰人，所以坚持自己做饭。眼见她这么大年纪，又乘了一天车，所以只能由我上灶做饭。也好，帮母亲暖热锅灶吧。首先打扫卫生，擦拭所有的家具，好在自来水早就接到了门口。我说擀面吃吧。母亲嫌劳累我，不让擀。我还是坚持擀了。母亲吃斋，在西安时，总是在我们下班回家之前，她自己就做着吃了。幸好前年，她学会了操作煤气灶。这一次在西安过冬，三个月时间里，我仅仅给她包了一顿素饺子，走时又让她生了气。所以我要给她擀一回面，算是道歉，或者说追悔吧。

面是擀好了，但是拿什么做臊子呢？倒是有一小坛腌菜，气味却很难闻，但母亲坚持说"没有坏"。那就炒了出来，添水成汤，吃起来还真的蛮有味道。儿子的胃口，终究是母亲培育出来的。

晚上，将茅台酒和饼干送给二叔二婶。小时候，很受他们的关爱。茅台酒，是在西安时，别人为祝贺母亲的生日送来的。母亲的生日，我们从来没有给她过过。她平生散淡尚静，也根本不喜欢过生日，也基本没有人知道她的生日。"七十大寿，一定要过！"这是妻子的意见。于是提前在大兴善寺订了几桌斋宴，到了时候，邀些知己的亲友来，为母亲热闹热闹。谁知前一天，没留神漏了消息，母亲当即发躁拒绝，再怎么做工作思想也不通。"为啥要扰害别人？!"这是她拒绝的理由。我说："是最好的朋友知道后，发起的，跟扰害无关。""那你们又何必破费呢。"我笑了："他们不会空手来的，我们还要赚些钱呢。"母亲更生气了，骂我竟然"拿老娘赚钱"！我解释说，给老人过寿是惯例，来的都是朋友，何况朋友们结婚生子、父母过寿，我也都去了，压根儿不是什么"扰害""赚钱"的事。"那好，你过吧，我走！"母亲站起来，找外衣穿了，又戴了帽子。

一看这阵势，我立即制了一条手机短信发给朋友们："家母寿宴取消。"但是到了腊月十九，还是来了几个朋友，送来了水果鲜花，还有茅台。可惜未能招待他们吃喝。对此，母亲一直过意不去。

二叔说："明儿一天，你都在我们这里吃饭。"二婶说："给你妈说一声，陪她吃了三个月，陪我们吃上两顿总可以吧！"原来我每次回家，叔父婶娘唤我吃饭，母亲的脸就拉得老长，弄得叔婶很是扫兴。回到家里，给母亲说了二叔二婶的原话。母亲这次理解了，也就答应了。

母亲性格极好强，直，不服人，这大概是她年轻时，与父亲离婚的原因之一吧。父亲是个教员，长期在外，性子绵和温暾，有浓重的小资情调。母亲也喜欢看书，尤其是历史掌故方面，想蒙她，不那么容易。我们家在当地，被称为"书香门第"，祖辈、父辈，多为医生教员。对此，母亲却常常露出不屑。她是个懂就说懂，不懂就说不懂的人，所以经常弄得人下不来台。比如，你要是说父母聪明了子女也就聪明，她马上说王某某的父母跟傻子差不多吧，可王某某读了北京的博士呢。又比如，你若说农民愚昧，她当即举出那个经典的例子来："朱洪武是放牛娃出身吧，当了皇帝哩！"

在我们方家，母亲是唯一的农民，其身份与见识相融，性格就形成了——敏感，自尊，以及让人哭笑不得地顽固。每年来西安，妻总要给她从头换到脚，可还是不能讨她高兴。她一是嫌浪费，二是难称心意。我分明看她穿上去合身得体，可她说"花哨艳扎"，又说"把人绑的"——个子那么小，偏喜欢宽松长大（下地干活方便）。为此，妻子没少流眼泪。

二叔喊我过他家看新闻联播，就过去了。我们原来将旧电视捎了回去，可是电压不稳，没看几天就坏了。让修理一下，母亲不同意，说她一个人看电视老打瞌睡，还费电钱。

电视里正报道着北京的两会。最引人注目的是免了农业税，通过了《反分裂国家法》。这时候，外面有人大声问："人哩？"二叔起身迎接，进来一看，是邻居老马。老马长我一辈，所以我自小就叫他"干大"。老马见到我很高兴，问我，几时回来的？待几天？西安过年有意思不？他满脸通红，浑身酒气，跟老伴孙子看电视不过瘾，才过来找二叔的。政府取消了农业税，把他弄得激动难耐："不交皇粮啦！"

他又大声说："老百姓永远忘不了！"

晚上烧炕，挂了一个铜壶烧水，壶嘴儿锈实了，只能从壶口进水出水。祖母1966年去世，大家庭中就分离出了母亲和我，这把铜壶即是家产之一。烧了几暖瓶开水，母亲来让我洗脸烫脚。"你儿媳妇天天逼我洗脚，我今儿要跟小时候一样，不洗脚，明早再睡个懒觉，起来也不刷牙，多好！"母亲嘴上说"不好"，当然还是放纵了我。剩下的开水灌了俩葡萄糖瓶子，暖床。

两只猫也坐在小凳子上，与我们同样烤火取暖。白猫胖，憨，毛柔韧，富富态态的；黄猫小，毛色紊乱，肚皮上又被火燎了几片荒地，视觉上就有些脏了。它俩总是穿插着，冲着母亲喵那么一声，要吃呢。母亲找出几块饼干，瘦小的黄猫抢先扑过去，肥美的白猫一接近，黄猫就粗了尾巴竖起来，同时发出呼噜声，不让白猫吃。母亲叱责黄猫："你太霸道了！"白猫一点也不在乎，就那么坐在远处，看着，一副不温不火的神态。母亲说黄猫是女猫，白猫是男猫，白猫像个"男子汉大丈夫"。

黄猫吃饱了饼干，就从门缝溜出去，巡夜了。我要母亲再找几块饼干，补偿一下白猫。"谁要它不抢着吃呢。"我说一开始，如果不找饼干给猫吃，也就罢了，问题是找了饼干，结果一只吃了一只没吃，这就出现了不公平，当然要纠正。母亲觉得有道理，起身找饼干，喂了白猫。

第二天

是个好天气。太阳升起，山川灿烂。家门三个月未开，屋内难免积聚寒气，于是抱出所有的被褥晾晒。

我身上有些猪性，比如，特别喜欢晒太阳。我曾做过一梦，梦见自己变成了一个土豆，土豆因为长期缺乏光照，七窍和肚脐，就生出了长长的白芽。梦后不久，我下决心买了一套高层住宅，让所有的窗户朝南。一有闲暇，便躲到"采南台"上，看书，写作，或者纯粹晒暖暖——预防着身上，长出了白芽。

坐在老家门口晒太阳，虽未"衣锦"，而"还乡"的恬静感觉，倒也不时地袭绕心头。

二叔喊叫说饺子好了，让我过去吃。

二叔是军人出身，粗犷；二婶教了一辈子书，细腻些。当年的他们，是公认的英雄美人配。文与武结合，龃龉了几十年。但是伟大的光阴没有什么不能磨合的，所以六十岁后的他们，反倒有些缠绵了。

正吃饺子，门外一声大喊："把我气死了！"话音落处，母亲已站在门口。原来，"老鼠把口袋全咬了！"母亲的脸色极难看。年前她出西安时，将各种粮食口袋集中到那个板柜里，结果老鼠打了一个洞，钻进去饱食三月，繁衍了一堆子孙。"快喊猫嘛！"二婶跑到院门外，扯起嗓子喊道："猫——！""猫——！"猫果真就来了。

是黄猫。黄猫跟着母亲，去我家了。我也快速吃毕饺子，撵了回去，就见黄猫正在道场上，逗玩那只它刚抓住的老鼠。猫吃老鼠前总要将老鼠玩弄一阵的——猫东张西望，一次次地假装身边根本不存在它方才捉住的老鼠，从而给老鼠制造出某种逃生的希望，然后又一次次地将希望毁灭掉。老鼠终于绝望了，趴在地上再也不想动了。猫呢，却还不过瘾，于是再次探出爪子挑逗老鼠，并且发出一种声音，那声音分明是在说：你再逃一次嘛，求求你，再试试嘛！老鼠真的以为猫要放生了，弓起身子就跑，但是猫，却绝不会让老鼠跑出一米之外——冲过去一巴掌将老鼠打蔫！

猫吃老鼠，一是其天性使之然，固然是助人除害，但是那种有意延长死亡过程，从而获取最大心理满足的毛病，却是不能恭维的，更是不应该效法的。人类的某些劣性，如嗜好吃活鱼，甚至猴脑，可能正是从猫的恶习中获得的灵感。

母亲对黄猫说："不要玩了，老鼠还多哩！"黄猫这才听话，两口吞了老鼠，三步蹿进门里。少顷，又叼出一只……

母亲一直守着柜子，猫来了就掀起柜盖，说："快进去，猫！猫，快进去！"猫就翻进柜里，柜盖同时落下。猫逮住老鼠后，叫唤不成了，便跳起来拿脑袋顶撞柜盖。一顶撞，母亲就揭了柜盖——"嗖"的一道黄光，猫蹿出来。

黄猫一共抓了五只老鼠。我奇怪的是，老鼠如何进板柜的，为什么不再出来呢？噢，它进去时身体小，吃了三个月后，长大了，发福了，不能从原来的小洞撤出了。

黄猫抓了五只，吃了四只，剩下一只停尸劈柴旁。它前后跟着母亲，喵个不停。母亲说："喊啥嘛，没有老鼠了么。"我觉得母亲误解了黄猫的意思——它是在讨赏呢。母亲说不可能，因为它肚里已经填了四只老鼠呀。我说肯定是讨赏，要不干吗剩一只老鼠呢。母亲将信将疑地找出几块饼干，黄猫果真高兴地吃了，还他娘的边吃边唱呢。

这时，二婶来了，身后还跟着白猫。可是没有了老鼠，二婶就数落白猫："你看看你，整天就爱个游山玩水，该你出力的时候你却不见了！"领白猫走到那只死老鼠跟前，它只闻了一下，就毫无兴趣地走开了。看样子，它有点洁癖。

白猫总是让着黄猫，大概是个"窝囊人"。母亲说不对，白猫逮老鼠，那才叫厉害呢，要抵好几只黄猫呢。二婶说："白猫有四个特点，一是吃饭，二是抓老鼠，三是让人（黄猫），四是爱到草坡上、树林里胡逛达。黄猫自私，又爱管闲事，青蛙也抓，黄鳝也逮，去年还咬死一只啄木鸟。白猫从不吃乱七八糟的东西。"

两只猫坐在我的左右，陪着我晒太阳。我笑了。如果我今天是为猫族里提拔干部，那大致是要选中黄猫的。没法子，黄猫会表现嘛。换句话讲，黄猫碰上了好机遇嘛。但是，如果我深入一下群众，了解了解俩猫的口碑，结局就不同了。

说实话，我喜欢白猫。首先，它比黄猫好看，它让人赏心悦目。说好看，赏心悦目，其实就是好色。比如选美，选出来的冠军亚军季军，一般地讲，既不能娶来为妻，也难以发展成情人，但我们还是乐此不疲，因为那东西可以入梦，可以佐酒，可以成为我们许多时日的谈资。

人也好，动物也罢，如果生得好看，本身就为世界做了贡献。世上的一个"爱"字，也首先是由"好看"二字膨化出来的。当然，世上也根本不存在绝对同一的"好看"。不同的眼睛，产生出不同的"好看"。

白猫还有不少长处：食谱规范，不吃杂肉；先人后己，君子风范；爱怜异性，风流温存；寄情山水，显而能隐。善哉白猫！

收拾了耗子，我也晒饱了太阳，便回到房间，开始写作。写了几百字，发觉屋里很安静，母亲干吗去了？起身出门，见她正在地畔挖洋芋，准确地说，是将窖在地里的土豆种子刨出来，一筐一筐地往家里提——准备种土豆。"窖"字，此处做动词用，就是"埋"的意思。在我的老家，"埋"字不能乱用，它是特指对于人或动物尸体的安葬。除此不能用，用了就是骂人、咒人，恶意的，不吉祥的。

深秋霜降来临了，就要给地里挖个矩形坑，将土豆、红薯、萝卜等"窖"进去，面上盖一层玉米秸、麦草之类的东西，然后掩了土，于是就过冬了。我帮母亲往外刨洋芋，同时将洋芋生长出的，一寸来长的白芽子掰掉。母亲不让我干，因为我曾告诉过她，说我的一篇文章，能换多少多少粮食。但是今天，即便我的文章能够改变世界局势，那我也不去写了，因为我觉得土地的意义至高无上。

母亲的这一小块土地，不足二分。但是在她眼里，那是比她的幺儿——如果她有幺儿的话——还亲爱的。在西安，她天天念叨着这块土地。这块土地的产值，不及我送她一趟的路费。可是一生节俭的母亲，压根儿不算这个账。

在这片小小的平地之外，是别人的地。我记忆里的那些地，全是稻田。插秧时节，水牛在前面耙着，男女老少跟在后面插着。到了中秋节前后，十里稻香总是勾引出所有人的口水。土地分散到各家各户后，为了提高产量，全变成了旱地。粮食不值钱了，再挖成鱼塘养鱼。鱼一多，又不值钱了。于是回填鱼塘，继续种地。

环目四望，每一块土地上，都有人正在那里整治着属于他们的那片土地。他们全是过了五十岁的男人（年轻人都进城卖苦力去了）。我向他们问好，招呼他们来吃烟、喝茶。他们笑着回应，但是并没有来。春种一刻值千金哪。

生于斯土斯地，当年是多么怨恨它呀！正因为与它不可分割，所以才导致了人的悲苦贫困。离开土地，是所有年轻人的梦。可是三十年后，这才发觉：土地是好的，世上最好的！手划伤了，捏撮土敷了，立即止血祛痛。我们享用的一切，全是土地生长出来的。掠食水产，是犯罪，是越界。

抓起一把土，放在鼻子下嗅嗅，一种罕见的芬芳浸入脏腑，像饮了一杯大户人家的千年陈酿。

在土地上挖一个小小的坑，放一粒小小的种子进去，为什么就能长出庄稼瓜果？我当然是知道的，因为科学家早就在他们的著作里详细解释了原因。但是，我后悔我有了这样的"科学知识"。这种所谓的知识，败坏了诗意，毁灭了我对于土地的情怀。

二婶过来了，说饭好了，让母亲也一块去吃。母亲不去："一家子都去吃，像啥话嘛。"二婶说："你又何必再烧一回锅呢！"我也帮着二婶邀请，母亲才勉强答应。母亲就这性格，也不管个时间与地点，始终坚持"不揩别人的油水"。

是米饭。为了母亲，二叔二婶做了一桌素菜。二叔取出茅台，我没让开，只让温了一壶自产的苞谷酒。正喝着，忽然响起雷声。出门一看，乌云遮蔽了大半个天空，四个人慌忙起身，去收被褥。雷声，早春的雷声，舒缓，悠远，像坐在大剧院的最后一排，听那交响乐中插进的几槌鼓声。风来了，雨点随之而来。这风，这雨，似乎是由竖琴拨弄出来的。

雨点落在被太阳晒了一天的石板上，二婶弯腰看了，说："公雨，下不了。""公雨"是圆点形，轮廓光滑，如铅笔刀旋出来的；"母雨"虽也是圆点形，但它的周边是波纹状、放射状，恰如正在开放的无名野花。

"公雨"嘛，果然只下了几滴，再没有了。

第三天

手机的闹铃响了，时间七点整。母亲知道我今天要走，所以早就起来为我烧了开水，泡了茶。洗漱毕了，喝茶，吃馒头。馒头还是母亲从西安带回来的，切成片状，锅里煎得黄黄的。油多，很香脆。若是母亲一人吃，断不会这么费油。

母亲的手关节增生，一个人在老家，面呀，蒸馍呀，更别说饺子呀，那是吃不到嘴的。面粉主要做了拌汤吃。

估计司机快来了，借此时间去"祭祖"。其实就是空着手，到祖坟上看看。每次回家都如此。祖父和太奶（太祖母），母子俩长眠在二叔的房后。太奶是个瞎子，去世的那年，我也许四岁，也许五岁。那是个相当厉害的老太太，特别讲究规矩。我母亲妯娌们孝敬她，比如端饭接屎，她是不接受的，因为她不愿"越界"，不愿享受来自孙媳妇们的侍奉。一切，由我祖母承担，全然不顾及我祖母已经患了"哽食病"（食管癌）。太奶还经常训斥我的祖父，甚至把我祖父哄到跟前，拿拐杖打他。我祖父在外面深受尊重，却在家里挨打，真是个笑话。奇怪的是，祖父竟将挨打的事，当作美谈，经常说给人听，脸上也总是洋溢着微笑和幸福。

太奶和祖父的坟，卧在郁郁葱葱的花草间，那当然是春天的景象。花草的外围，是高大的树木。只可惜，视野被房子拦截了。太奶的坟头前，砌了水泥基座，马上要立碑。接着给祖父立。站在太奶的坟前，静默了几秒钟，跪下来，叩了三个头。再站到祖父坟前，又静默几秒钟，点了一支"软中华"，插进坟头的石缝，双膝下跪，深深地叩了三个响头。如果没有祖父的供给，我的大学很难念出来。无论才华，还是品德，祖父都永远是我的偶像。

有一次回去，二叔见我到屋后"祭祖"去了，随后就去检查现场。我到了西安，他打来电话，说我粗心大意，将点燃的香烟放在了太奶坟上。我说："那有啥嘛，太奶会说：'晶澈（祖父方继明，字晶澈，号朗然），你孙子把烟给了我，我又不会抽，还是你拿去抽吧！'……"

二叔在电话里笑了，说我太没个大小，跟老先人都开玩笑呢。

我是爱开玩笑的。我越是敢在谁面前放肆，说明我越是喜爱谁。

车来了。二叔二婶也随车上县城。他们的长子在县上工作，买了一块地皮，二叔就挖了一些韭菜根，要带上县，去种那块空地。

母亲絮叨着，嫌我空着挎包走人，嫌没有东西捎给她的媳妇和孙子，说难场啊，城里啥都有，还比乡下便宜。我说那就带几个洋芋吧，十个洋芋就够了。母亲就拣了几个洋芋，先用塑料袋装了，然后塞进我的挎包（回西安一数，母亲多装了五个土豆）。

车走时，下起了小雪。母亲很担忧，一再叮咛到了西安后，马上报个平安。

车离家门数十米，绕一个小弯，让司机暂停。下来，稍稍后退，面对祖母的坟，三跪拜。祖母去世时，我八岁。十五年后，祖父去世。那年，风水先生说，祖母的坟不宜动土，所以，祖父没有和祖母睡一起。

祖母节俭出奇，虽然家里的陈粮应有尽有，但她总是挑选霉粮、生虫的粮先吃，还要搭上野菜。即便大年夜，揭开锅盖，虽也是大米饭，但米饭底下，却是焖的土豆、红薯。祖父祖母籍湖北，是沿着汉江、旬河、乾佑河上来的"下河人"，所以年夜饭不吃饺子，吃饺子是在大年初一早上——也不叫饺子，叫"扁食"。通常是先熬一锅大米稀饭，稀饭快好时，再将扁食下锅。这样吃，节省。祖母去世后，这种吃法就终结了。

祖母治家管人，那是非常严厉的，但是对我，却心疼得很。父母离异后，她对我越发地宠爱娇纵了。她经常当我面骂我的父亲"不是个东西"。那年月，"公社是朵向阳花"的日子，困苦不堪，一日三餐，几乎全是可鉴人影的玉米糊汤。大人们吃完后，祖母将锅底的一点剩饭，用铲子泥成一块煎饼状，再将灶膛里的火炭拨拉开，烘炕那么一会儿，"锅巴"就诞生了——当然比不上如今卖的那种锅巴。烘炕好了，由于锅底从来没油水，锅巴就难以揭成整块，只能用刀尖一下、一下地铲，最后捏成一个疙瘩。当我饿了，或者"耍牛"（胡搅蛮缠）时，祖母便找出锅巴哄我。

祖母病逝前非常痛苦，因为食管癌不能进食，可以说是饿死的。她病得再重，都乐意我在她的床上玩耍。我是她的掌上明珠，她是我亲爱的祖母。我的童年是不幸的，但我的作品里并没有多少"苦难"，这原因正在于：由于祖母的存在，我生命的最初部分，可以说充满了温暖与柔情。我的整个幼年里，从未遭受过斥责，更别说受谁欺凌了。

但是，我从来没有专门回去"祭祖"过，比如在清明节，在先人们去世的忌日。我的"祭祖"，一向是在回家看望母亲时的，一个顺便的举动。这多少有些对不起祖先。他们去世得早了，没有给我提供机会，以使我来报答他们。不过我断定，他们根本未想过索要我的报答。他们不是投资商。他们对于子孙的爱，完全是一种天然的情操。

爱别人，包括爱自己的子孙，这本身，就是一种品格。

汽车在故乡的道路上颠簸着，背后的家园，在雨雪交替中渐渐朦胧。二叔二婶，在车里向我汇报着他们几个孙子回来过春节时的种种逸事，但我没有听进去。我有些恍惚，有些伤感。

车子上了主干道，兜里的手机一声鸟鸣，来信息了。一看：

我始终爱我的夫人！

我始终爱我的儿子！

我始终爱我的孙子！

我始终爱我的祖国！

（艾森豪威尔遗言）

我，当然，此生当不了总统，也没有机会成为"一代名将"，但是，这几句话，却很吻合我眼下的心境，尽管有些八竿子打不着。

（2005年）

身之奴

　　人在中年，压力倍重，十分神往"疏懒"二字，老想着怎样才能把生活简而化之。剃须刀钝了，懒买新的，拿起剪刀，对着小镜子，将那毛毛草草的东西，一一铰掉。无非耗些时间，好处却至少有五点：一、省了买剃须刀的钱；二、可以静心专注，不静心专注就可能伤肉；三、冲着自己的模样，将近日的言行来一番检讨，等于落实"吾日三省吾身"；四、比刮胡子好，刮胡子突然"年轻"，紧接着突然"衰老"，给朋友以沉浮动荡之感；五、接待乏味之人时，剪胡子则是一个委婉的逐客令。

　　我是不大喜欢照镜子的，因为镜子提醒我——此公不具备自恋条件。但是我们生活在"玻璃世界",城市的玻璃总是扭曲地折射出我们原本就很卑俗的形象。所以在卫生间里装面镜子,洗澡时看看真实的自己,很有必要。

平时的身体,被衣服遮藏着,内容的丰腴肥美或者贫瘠焦枯,难为外人所知。一旦裸露,实令自家羞愧,那上面的山水,太乏善可陈了。好赖也算个大丈夫,可是胸膛呢,跟超生婆姨的胸一样了,没法区分啦。加上鼓腹,那活活是猪八戒的抄袭品!至于胸腹之内的脏器,由于它们的存在,世间所有的医院,也便有了存在的理由。人的前半生,拼命挣钱、咬牙攒钱,全是为了后半生孝敬医院,也正是脏器在作怪。

公正地评价镜里的裸体,不带丝毫的自恋倾向,颇难。好比起草年终总结,优点和成绩照例是十根指头,缺点和失误嘛,一根指头而已。说到头颅,平时并不去细心考究,因为它总是高高在上,光天化日之下,自负地晃东晃西。其实,这玩意儿是个货真价实的麻烦制造者。它是身体的首脑、生命的中央,全身的每一个器官,都唯它之命是从。别看它一个不大不小的西瓜造型，可那上面的七个窍孔呢，却足以令我们终生受累——

就说眼睛这东西吧，它天生好色，哪里好看、哪里热闹，它便拽着我们往那里去。我们常说忙啊忙啊，多半是眼睛的驱使。鼻子呢，对食物散发出来的气息，百般挑剔，忽儿要香的，忽儿要臭的；一到发情期，它又变成了雷达，通过对于气味的探测，发现和追逐异性，因而"香水事业"长盛不衰，从古埃及至今都是如此。耳朵的嗜好尤其古怪，它永远喜欢赞美的耳勺来挠它挖它的痒痒。赞美是有前提的：你有很大的能耐，你能够给别人提供帮助，你才会得到赞美。如果一个人莫名其妙地来赞美你，把你的耳朵整得舒服极了，那么紧接着，此君肯定会给你布置任务。正如世上没有免费的午餐，世上也不存在免费的赞美。想想看，为了满足耳朵的欲望，你得付出多大的努力啊。

耳朵跟眼睛一样，其欲望看上去高雅脱俗，与物质的关系也并不直接，貌似追求"精神文明"，实则挥霍奢靡。一个有力的佐证是：你想想选美活动及音乐会的门票价格吧！所以说，什么"赏心悦目"呀，什么"陶冶情操"呀，不过是巴结眼睛、谄媚耳朵的体面说法而已，那个费钱呀，是贩夫走卒们既不能想象，也无法理解的。

说到嘴巴这个无底洞，更让人气馁，每天三次，得往进填塞各种东西倒也罢了，问题是它还经常只图自己的快活，招来可怕的诽谤与祸端。要是当了长官，丢官或退休后，最难安顿的也莫过于嘴巴了。

手，似乎是唯一值得歌颂的，因为它是劳动机器。但它仍旧存在着欲望，比如"动手动脚"。所以，在和一个漂亮女人见面之前，你必须首先警告你的双手——

给我规矩点！事实上临到现场，才发现手是如此健忘，它像猫爪子见了小活鱼一样，搞得你尴尬万分，硬是将你的绅士教养扒光撕碎。手在另一些人身上，还表现出强烈的虚荣心，比如对钻戒的渴望。把手画好，画像，是判断一个画家的重要参数，原因在于手是人的第二大脑，手潜伏浓缩着人的全部智慧与美德，欲望与罪恶。

脐下之地，不能不说，因为生命只有依赖它，才可以延续。它就那么一丁点儿功劳，半个夜晚就可以完成使命，绝大多数时间里，则处于闲暇无聊状态。于是它无事生非，净干些与延续生命无关的，拉不到桌面上的事情，让人无法恭维。它是丧失尊严的源头。它不知羞耻，永无餍足。它经常向主人申请示威、呐喊暴动，搞得主人如坐针毡，什么事也干不成。不错，它催生出的激情，也曾提升过我们的灵魂，让我们领略到人生最浪漫、最美妙的爱情，但是多数情况下，由于它的贪婪本性，我们稍不留心，就被搞得名誉扫地、丢尽脸面、倾家荡产，最后成为一个不齿于人群的混蛋……

对身体从头到脚，来一番考察，不难得出这么一个结论：我们的一生，都是为了满足身体各个器官的要求的一生，无论实的要求，还是虚的要求。我们是身体的奴仆。我们原本，多半可以成为高尚而纯粹的人，多半可以达到某种光辉的顶点，就因为该死的身体，就因为身体上各种该死的器官向我们无休止地提出各种各样稀奇古怪的要求，致使我们的一生都处在奔波劳累之中，我们的生命能不苦大于乐吗？！

但是，大的快乐是由小的快乐集合而成的，所以我们切不可忽略掉埋伏在我们周围的，无数的小的快乐——比如，您无意间读到我这篇文章，真是一次幸运。

（2005年）

嘉树

我是无神论者，却也偶尔做个生死轮回的梦。一次，梦见自己变成一棵树。什么树？也许是银杏，也许是云杉，也似乎是朦朦胧胧的，常见的河杨岸柳吧。总归，是我非常喜欢的那些树。可是，我有了一把年纪后，思想竟泛爱起来，觉得世间的万事万物，没有什么不可爱的，比如树。树们的随便一个品种、随便一种风姿，都给人以温婉曼妙的遐想，或者宁静辽远的放达。

人的这双眼睛，总是将世间的事物分个美丑来，比方一个鹤发童颜的老头，很美；一个伪君子在滔滔不绝地教导别人，很丑；青青的郊野上，一个男子折下腰来，倾听他怀孕妻子的胎动，很美；酒店的餐桌上，一条鱼张着嘴巴，发出无声的呐喊，而它的身体，早已熟烂了，很丑……这些，我们大致能够分出美丑来。但是面对了树，你能分出来美丑吗？反正我是分不出来的，因为我觉得——世无丑树。

我见过被人糟践的、浑身是伤的树，也遇到过因泥石流残损的树。即便如此，树们，依然保持着优雅的姿态，看不出痛苦的样子。你将树枝剁掉，树枝与树身远远地分开了，树枝和树身依旧各自成景，不失其风华。这很像是一本好书被撕碎了，但"残简"照样闪光，辞采无法撕碎。想羞辱一棵树吗？我看是不可能的。羞辱者不能达到目的，羞辱者便羞辱了自己。再肮脏的地方，只要树往那里一站，那里一下子就站出了品格。树，是天地间唯一的君子。荒凉的世界里，远远地望见一棵树，就像望见一个亲人。于是，你便有了回家的感觉。人的脑后没有眼睛，但是你若倚树而立，也就不必担心野兽和暗枪了。可见树，不仅有书的柔韧，还散发出剑的威仪。

树的一生，多半不走动，永远伫立在故国的土地上。

但是，他由于长寿，他的见识也就多过我们所有的人。他的智慧使得"读万卷书，行万里路"变成一句笑话。想想看，什么样的世态，什么样的人物，他没有见过？常青的古树们群贤毕至，就形成一团"千年学府"的磁场。所以我到了风景处，总喜欢坐在树下，闭上眼睛，贪婪地深呼吸。直到有了某种"豁然开朗"的觉悟，这才起身告别，一路上都觉得襟怀辽阔，领袖芬芳。

据说我们，是从海里爬上来的。最初爬上岸，借了树林的庇佑，才得以繁衍至今。繁衍了很多很多，却还是渺小的，像树间的一些标点符号。树，比人类悠久，比人类长生。人，只是树在他漫长的生命中途，捏造出的一个活宝，给自己解解闷而已。树要是不高兴了，可以随时抛弃这个活宝。

生命，无非是"一呼一吸之间"。这一呼一吸，基本是树的恩赐。想到这里我才醒悟，在所有的节日里，我们最喜爱的，原来，应该是植树节啊。因为树，要不要我们，无所谓；但我们，需要树，永远地、绝对地，需要树。

（2005年）

地震是来自太阳的爱情

欧美的一些科学家为了激发灵感，经常邀来科幻作家座谈。而科幻作家呢，实际上并不怎么懂科学，至少不大懂得技术层面上的科学。但是他们擅长奇思妙想：管他可能不可能，先想出来再说！

冥王星由于不符合行星的定义，被开除了。太阳的铁杆追星族，如今被认可的有八个，即金木水火土五星，加上地星、天王星和海王星。在楚辞神话里，太阳神被称为"东皇"。那么东皇的八个追星族，不妨看成是太阳的八个妃子。太阳的品格是普照万物。太阳是公正无私的。太阳对于妃子们的爱，是一视同仁的。太阳宠幸某个妃子的时候，某个妃子就激动不已。

这个激动不已，就是地震。当然发生在金星上可叫"金震"，水星上可叫"水震"。

地震给栖居在地球上的生灵带来巨大的灾难。所以如上的幻想解释，是有失厚道的，因为此般表述貌似诗意，实则残酷。我的核心意思是：宇宙间的一切动态，无论宏观动态还是微观动态，均由内外之力合作而成。以此推导，地震是由地球内部的力量与外部的力量合谋而生发的。地球外部的力量，肯定首先来自太阳。

不过月球，也是个"犯罪嫌疑人"。作为地球的美丽的丫鬟，月亮一直操纵着大海的潮涨潮落，以及女人例假的周期——此乃"月经"一词的来历。也许是太阳与月亮，联袂导演了大地的震撼。

（2008年）

紫阳腰

　　周末无事，车游紫阳。小时候就喝紫阳茶，年至半百竟未去过紫阳，不够人啊。紫阳在汉江边上，猜想是很通达很便捷的。没想到实在难走！坡陡弯急，一山爬过又一山，偏又遭遇道路维修。不维修不行，因为路面被修建高速路的载重卡车铲车轧得坑坑洼洼，车行其上全然一种踏浪滚珠、大老爷坐轿的感觉。好在翠色染目白云亲颜，别有一番俗外之雅呢。翻过三座山，眼底终于浮出一个城，火车的闹，船笛的叫，顿时没了清静。细看紫阳县城，果然是重庆的浓缩，看不见碟子大的平地，怎么办？山腰上凿一个凹，凹处凸起一栋楼。就这么锛石凿凹，就这么起房凸楼，硬是在夹江的山腰上，锛凿叠垒了一个城。所谓的码头城市，压根不在乎有无平地，但求两河交汇，能把舟楫勾留缠绵住就好。浩浩任河，正是在此融入汉江的。

想不出如此一个城怎么生活，大概吵架也拉不开距离，吵着吵着就勾肩搭背了，干活时则又需要捆上安全绳吧。待到进得城里，但见街道逼仄车辆单行，却也店铺比邻，色彩炫耀嗅觉缤纷。楼房的窗口玉腕一招，欲亲芳泽的话，你得车路上起伏旋绕一大圈，方可"执子之手"。及至日落西江夜色袭来，忽见城灯哗然绽放。时值秋老虎季节，人们简上衣而短下裤，为的是让胳膊腿儿尽可能地吐热纳凉。尾随人流浪进商场，再踏梯而上，发现商场顶部竟是一个很大的广场。如此叠屋架床式的建造格局，简直一个香港袖珍版！顺音乐声溜达过去，见爷们围一个圈子。圈外踮脚看圈里，呵呵，一大群娘们健美操练哩。那么肥沃的胸脯，那么柔细的腰肢，那么风致的身段，还有必要操练吗？看来娘们是大公无私的，因为娘们的操练纯粹是为了大饱爷们的眼福。所以娘们，脚一跺媚眼子同步甩出几丈远；水腰一侧一扭玉臂一斜扬，头发又抛上月亮了。娘们就不怕惹事？反正我怕惹事，手一背，走开省心。

夜里看一个资料，上面说："紫阳腰，汉阴脚，安康女子爱做作，要看水色下白河。"紫阳、汉阴、安康、白河，是安康所辖的四个县名，当然安康如今叫市了。人生之美，十之八九由女性呈现，所以每一个地方，都把当地女性美的特点，以歌谣的形式提炼出来四处传播，犹如眉心上点胭脂，属于潜意识里的营销招徕术。而女性美的具体表现，当然是以身段最为紧要。身材之标致，则绝对依赖腰肢的拿捏烘托，如此才叫一个动人。何以动人呢？细柔也。何以细柔了就好呢？有可能"把握"也。面对一个桶箍缸腰，爷们顿觉自己胳膊太短，大丈夫的自雄荡然无存，悲观主义随之而来，一声叹息，大事再也不来兴致狠抓落实了。

紫阳娘们何以生出如此之腰呢？次日早起遛街，似乎得了答案。总是遇见一些娘们挑着扁担，忽忽闪闪地来了，忽忽闪闪地去了。两个担笼里，是白嫩的豆腐，是带露的青椒，是拖泥的新藕，是出江的鲜鱼。忽闪忽闪而来，营养于客官；忽闪忽闪而去，生计于家庭——终于忽闪出一腰的风情与柔韧。

返回时选了一条新路，更觉得这个汉字"腰"，似乎是专为紫阳所造。路是依旧忙着拓，车是依旧不住地停。好在村村通了水泥路，绕道便是。实际上无村可言，因为紫阳人家，一概散布于山之腰岭之凹。那些粉墙青瓦或者石板房，如一栋栋达官名流的别墅，落座于青坡、半隐于绿峦，恰如次第展开的山水长卷，新意频出却也可四字概括——山腰人家啊！坡是这么陡，劳动的间歇，估计站着就能睡着，反正躺着跟站着没啥两样。如此之地，竟不时见到三五块石头拦一巴掌小塘，居然就荷叶田田蜂蝶频访了呢。至于竹子，此等俊逸灵秀之物，更是家门掩映垂瓦叩窗。所以这里的狗不咬人只摇尾，充分体现了淡泊无争的"竹下之风"。然而爱情却是要争一争的，不争就违背了好土选好种、良籽择良地的生命法则。对面山腰间，一个女子采茶，那臂腕那秀发那随风起伏的薄衫，动而态之狐狸般妖娆，直要扑过去骚个情！可是你得下山，然后再上山，等你气喘吁吁爬到女子脚下，没准人家正跟别个后生亲嘴哩。怎么办？赶紧喊山歌勾她！山腰上长大，就如此这般的，人人成了好歌手。

紫阳一名，出自道家。道家是中国唯一固有的宗教，汉江是汉文化最核心的源泉之一。道家以水为善，以茶为慧，以山为美，以歌为雅。落日岭上，渔火江中，朝晖夕阴大自在，不知功名利禄为何物。如此怀柔万物和谐自然，所以就懒得，也不屑于出现大人物了。这一结论或许荒唐，但你若是见了紫阳娘们的柔媚之腰、紫阳人家的栖居山腰、紫阳位于陕南境内的汉江之腰，你大概要颔首一笑了。

（2009年）

多好的老汉

　　人到五十，尚静怕动，交际应酬是越来越没劲儿了。偏到这时，组织上忽然垂顾起来：为我深入生活方便，安排我去陕南的汉阴县挂职副县长。这等于又增加了交往。2008年4月18日上午，早早地起床，由汉阴驱车到五十公里外的安康市参加一个会。主管县长有其他紧火事，这一个"生猪定点屠宰管理座谈会"，就指派我替他参加。会结束照例要吃宴。可是肚子不舒服，也不饿。时值天下小雨，凉气浸人，清明早过，该穿短袖了呀。便想回西安的窝儿了。

　　明天周末，今天又是妻的生日。

就把会议的事，交由一同与会的商务局长回汉阴传达。然后让司机送我去火车站。火车上一坐稳，便想起慧玮的一首诗。那是在某次饭桌上，我说了我刚写的长篇小说《后花园》里的一个观点，逗众一乐。慧玮听后，敷衍成一首小诗，越发显出雅趣。诗题《作家方英文的妙论》，发表在《红豆》第三期上，如下：

> 我们的身体不但是
>
> 革命的本钱，还可以当作
>
> 独一无二的礼品
>
> 如果你爱的人要过生日了，你可以告诉她
>
> 我跑遍大小商场，也没有买到
>
> 一件跟你相配的礼物
>
> 只好用一列火车
>
> 把自己送到
>
> 你的城市里来了

我将此诗摁进手机，快到西安时发给妻子，等于暗示

她我马上回家。可是天黑许久我才跨进家门，却是黑灯瞎火的，没个人影儿。看来妻与子及岳母还有一帮外甥，尚在外面。宴会还没结束？大概去唱歌了，闹嚷嚷没能听见手机响吧。

第二天早上实想睡个懒觉，偏偏没关手机，响了。一看，是散文家朱鸿发来的短信。朱鸿挂职长安区副区长，短信是："在西安吗？风雨潇潇，鸡鸣不已，想念君子了。"原来是约晚饭局。问有谁，说有陈忠实。就答应了。

起床，打开电脑。关于《后花园》研讨会，电视当晚，播出了新闻。电视台的朋友，也送来全部内容的录像光盘。可是电脑打不开。叫醒睡懒觉的儿子，由他来一鼓捣，就打开了。从头到尾看一遍，再次聆听大家的发言。感觉认真通读作品的人，没几个。陈忠实算是难得的一个。他将作者（我）要表达的东西，很要害地阐发出来，句句在"痒处"。不足的地方，他也以同行的语气，坦率地、商量式地一一点到。

这让我深受感动。实际上研讨会之前，他就已经感动过我了。

研讨会由西安工业大学操办。说个没良心的话，我个人并无多少兴趣，或者说并无自信开什么研讨会。但是工业大学的两个教授，冯希哲、邵科祥二位先生，由于错爱《后花园》，就张罗研讨会，一切费用由他们出。人家如此雅意，我除了感谢，就是积极配合了。

他们征求我研讨会应该邀请哪些人。我说我是"东坡眼里无坏人"（别人说我坏我管不了），既然是你们掏钱办会，那么你们爱邀请谁就邀请谁。

"那好，"他们说，"请柬我们早派专人一一送到。但是有些关键人物，恐怕你得出面再邀请一下，以示郑重。"

有道理。陈忠实自然是一个关键人物。是头号关键人物。可是三天前，与陈一块儿吃饭，他说次日要去安徽，参加"中国作家看凤阳"采风活动。1978年12月，凤阳县小岗生产队的十八位农民，在分田到户的文书上摁下生死手印，由此拉开中国农村改革的序幕。采风时间在4月8日到12日。就是说，陈忠实不可能参加研讨会了。

果然，朋友发来短信，说陈忠实来了电话，通报他不能到会了。想想也是。与小岗村的采风活动相比，没有谁能看出眼前这个研讨会的重要性。

主办方又让我核实一下贾平凹，说陈贾二人都来最好，起码得保证一个。替办会者着想，大人物到了，学校就有了面子，媒体也便于报道。于是给平凹发去一个短信，提醒他别忘了与会。他立即回信说来不了，说也要开会：研究市文联的班子（他已当上省作协主席，市文联主席一职仍在）。他说人虽不能来，但要写个书面发言。我没理。心里想：周六还开会，你管国防部啊。也许他周六真是开会，但我当时就感觉他在推诿。

平凹见我过去了五分钟还没反应，就原信重发一回。我这才回道：理解。兄咋方便咋来。

这是4月10日的事。虽然陈忠实贾平凹不能来，但午饭后小睡一下，还是照常。睡醒开手机，蹦出同样内容的两条短信，说是既然陈贾不能来，那就得请一两位领导，正厅级的；副省级的能来一个，最好不过。首长，倒也认识几个，可是为了私事——当然眼见得已经不是什么私事了——邀请首长，总觉夯口。

思来想去，心生一计：假装不知道陈忠实来不了，给他发个提醒短信：

陈老师：别忘了4月12日上午的《后花园》研讨会。写作二十五年了，这是关于我创作的首次研讨会。　方英文

信发出两小时，无动静。估计他采风期间关了机，或者身边嘈嘈没听见。他是只会接短信不会发短信的。他也不会存手机号码。平时爱给他发些有趣的段子，他一收看到就回电话，首先问："谁呀？"听出是我，就哈哈大笑一阵，然后分析、欣赏这个段子。偶尔也复述一个他听到的好段子。"这些狗日的编段子的，脑瓜子咋恁灵嘛！"发他段子，本是博他一乐，不想每发他必回电话"谁呀"，反倒不乐了。于是段子后加"（方英文）"，他就不回了。

到下午四点，陈忠实回了电话：

"发现你的短信迟了，一发现就请假……准备提前回来……晚上火车，票还没拿到……《后花园》我随身带着，看了一半，争取火车上看完……"

电话结束，自责不已。陈忠实长我十六岁，已是六十六岁，眼看古稀了，又天天繁忙劳累。愧疚！

夜里十点多，电话打给他，询问路途情况。他说快到洛阳了，正在灯下看书。我说不要看了，车上晃荡，看书太伤眼睛。说你只要出席一下，随便讲几句话，就足够了。"书没看完，咋研讨呢？"他就这么认真，忠厚，认真忠厚到有点迂腐——亲见过另一类专家，书翻三页，一天跑五个研讨会，照样滔滔不绝。

"好在软卧车厢里看书，"我纯粹是找话，"也还凑合的。"

"软卧？"电话里"哈哈"了，音色浑厚地自嘲道，"现在这个身份，咋软卧哩！"

他现在的身份很身份呐：中国作家协会副主席，陕西作家协会名誉主席。

……就想起往事。2002年春节，大年三十上午，收到一个快件。拆开一看，是我的第一部长篇《落红》的样书。书刚到手，责任编辑李正武（如今是长江文艺出版社副社长）就来了电话："就选这个时间，给你送个重礼，让你过个好年！"此前，小说在《华商报》连载时，陈忠实就很关注，并多次询问出版进度。所以拿到样书，很自然地要第一个告诉他。

"祝贺方老师！"他一向这么幽我的默，"我让司机来取，报上连载时删了，也没看连贯。"

正月上班第一天，他就让司机送还样书，同时附了一封毛笔小楷写就的长信。信中以"您"称呼，嘉言勉语饱含感情。我当即也毛笔小楷了回信，表达我的感动与感谢。

作家尽可以风格迥异，但做人上却一律讲究。文脉正是通过文德，才得以传承后世的。自那时起，凡请我写序的，或邀我参加研讨会的，只要是更年轻的作家，我都满怀了敬意认真对待。作为长者，陈忠实为我树立了典范。

2008年4月12日上午八点半，陈忠实准时出现在研讨会上。

"我昨晚两点看完书，睡觉，今早七点起来。"他满脸的疲倦。"我一般要睡七个小时，可是昨晚睡了五个小时。看完《后花园》还来不及回嚼，来不及跟《落红》比较，所以只能谈点直感，可能偏颇……"

但是发言进入状态后，疲惫从他脸上一扫而光。他激情了，手势了，点燃雪茄了，取下眼镜又戴上、戴上眼镜又取下了。

直到发言结束，他都未提说他是如何自安徽请假的、如何提前返回的，半个字也未提说。他注重内在的美，自美。他不在乎也不必要让别人，至少不需要让更多的人知道他的这种美。这，正是我们一再论述的风度，或者说品格。

……朱鸿说晚宴有陈忠实，真的吗？朱鸿当然，未曾有过哄我的前例，只是我现在，很想跟陈忠实说话。于是拨通他的手机，予以"核实"。"真的，"陈忠实问了我下午的位置，"我车六点钟来拉你，一块儿走。"

我从未请陈忠实吃过饭。我们总是相逢在别人邀请的宴席上，或者各种文艺活动结束后的饭桌上。实际上我很厌烦甚至厌恶饭局。我感觉饭局是对于生命的蹂躏。我常在快要吃饭的时候关掉手机，以免被饭局了。我的单位在西安城墙外，一进建国门，一街两行全是小饭馆。我常加班到八点，有意错过吃饭的热闹时段，背手散步，走进建国门，找一碗家常饭填饱肚子。

　　作家协会正在建国门里。某次，也是八点钟左右，我又走进建国门找饭。我打通陈的电话，说如果你在办公室，也不忙的话，我饭后就来聊一会儿。"哈哈，我也没吃！"他说作协门口有家面馆，非常好。"我请客！""我请，我发起的！"我们很快在那家面馆见面，就座。陈忠实由于影响力巨大，马上就有三个女服务员来到桌前。她们一律手捏圆珠笔，恭听我们要点什么菜。可是非常遗憾，我们只要了两小碗扯面，而且共同商议后决定：不喝酒了，也自然不用点菜了，就是纯粹的吃个饭。"只把面汤给咱上满些。"陈忠实大气地说。三个姑娘很惊讶，很失望地退下了。我们的肠胃是一样的，都是由乡村母亲培育出来的。记忆里的美食，莫过于油汪汪的扯面了。后来进城，混出点名堂，所谓吃香的喝辣的。时间久了，便觉得那种吃法其实很累赘，因为那完全是吃虚荣吃面子吃什么狗屁身份——压根不是肠胃的需要。

可笑的是，一小碗扯面五元，饭上之前，我俩竟还为谁今天请客争执不休。他理由是在他门口，我理由是我发起的。"咱俩都大方啊。"他笑了。我俩吃的时候，老板不断来询问，盐轻油重不？辣子大蒜合适不？当我抢先吃完去买单时，老板怎么也不要。"买，"陈忠实也紧跟我身后，手里晃着十元钱，"不掏钱咋行！"

经过一番推让，十元钱总算由我出了。出门后，他说："你看这吃饭的，都是小职员和民工，利润少，咱要再白吃人家，不该，很不该。"

接着，他又很后悔地说："咱应该点些酒菜，让人家赚点钱嘛。"

与陈忠实交往了二十多年，这是我唯一请他吃过的饭，破费了十元。不，是五元，因为另五元进了我的肚子。

想表达对陈忠实的敬意。怎么表达？犯难。家里固然有点好烟好酒，但他只抽雪茄，白酒基本不喝了。送钱？他那收入，单是一部《白鹿原》，就印了上千万册，又再版了十几年。忽然看见茶几上，放着一盒故乡的明前茶，是家乡特产，产量相当少。就送他一盒茶吧。

果然差五分钟六点整，手机响了。"方老师下楼！车三分钟就到了！"我立即提上茶叶出门。好在电梯刚到，一分钟下楼，一分钟跑出院子，站到马路边。感谢电梯，如果让陈忠实等候我，那是极不应当的。

一分钟过去了，只见一辆黑车远远地摇下玻璃，一只大手招展出来。车子缓缓停到脚边。我迅速上了后座，放好茶叶，叮咛他不要送人，自己享用。车里的烟味，说是雪茄，其实就是乡村老汉吸的那种旱烟味道，很浓很呛。"我咋闻不见呢？"我说酿酒师也闻不见酒味。他笑了，摇下玻璃，放烟，一任雨点飘向他的沧桑脸颊。

十四年前，我写过一篇短文，叫《陈忠实写意》。我现在要补充一句：沧桑这个词，唯有用在陈忠实脸上，才叫传神。这么说吧，沧桑这个词、这两个汉字，等待了几千年，才如愿以偿地准确地落实到陈忠实的脸上。

如果某人也说自己沧桑，那我认为他有盗窃之嫌。

在长安南郊的常宁宫，饭局上多为闲话，所以略去。

不过我带着相机，开饭前后，给所有人拍了照片。

返回时有三辆车，陈忠实坚持要我上他的车。"把你咋拉来的，再把你咋拉回去。"

"我发现文学有两种形式，"车里我说，"一种是文学本身，一种是文学活动。迷醉活动、总怕被世界遗忘的人，会经常制造些事情，在媒体上哄哄，其实跟文学毫无关系。不过这些人，你不让他'搞'文学，又让他'搞'啥呀！"

"哈哈，是的，嗯，是的。"

"你最近忙些啥？还是没完没了地给人作序？"

"就是。给某某和某某刚写完序，某某又把书稿拿来了，让写！"

我说你太认真，答应写序就非要通读书稿，才动笔写，多费事呀。杰出的书稿不必请人写序，请人写序呢，书稿又多半平平，很委屈序家，因为写序就是夸赞。

对我这番比较刻薄的话，陈忠实没有吱声。我弄不清他的内心。

他忽然说："我最近有个怪想法，给同龄的老文友们写序，权当写怀念文章呢。"

我吃了一惊，他怎么冒出这样的念头！

"我用序言怀念他们，他们活着，看了，多好！他们死了我再写文章，只让家属子女看，跟死者，你说说看，有什么关系？"

我的脑子有点短路，不知说什么好。后来还是说了一句平庸的话："你这想法很深刻。深刻。"

"要是我死到他们前边，"他点燃一只雪茄，长长地吐出一口烟，"我要是死到他们前边，就没机会怀念他们咧！"

沉默几分钟。他继续说："人死了再写怀念他的文章，添盐加醋，甚至捏造事实抬高自己，谁又来澄清？"

这个话题应当岔开，或者转移掉。我说："我很佩服你不断应酬、写序，还有没完没了的饭局。有些朋友天生饭局多，好像是他母亲当初在厨房里或者饭桌旁怀孕了他。其实也多半没什么正事，就是纯粹吃饭喝酒。他们邀请我当然是因为他们抬爱我，但我真是不想去，没意思。我说你们权当我'音容宛在'好了！"

他总算笑了。情绪拧转后，我又说："建议你也面情硬点，能推辞的就推辞掉。不能为了'德高望重'几个字，搞得自己太累。"

"哦？那你邀请我开你的研讨会，咋推辞？"

哈哈，把我问住了。

车到楼下，停住。他要推门下来，后座的我倾身前靠背，紧握住他的手，摁住他别动。

"你下车就折煞我了！"

"那好，再见！"

车走多远了，他的大手还在车窗外，摇着。

雨点密集起来，生理感觉很渗凉，但是心理感觉很温暖，很温情。一进家门，就给妻子叙说了方才的事。妻子听后，重复了那句她曾说过的老话：

"多好的老汉！"

（2009年）

《后花园》中一首诗

写作长篇小说《后花园》，用了一年时间。我有一份本职工作，爱与不爱都得干，因为要养家糊口。写作，只能是个业余爱好。不过业余写作感觉上倒是蛮惊险蛮刺激的。因而兴味盎然。

小说，是想象的艺术。想象，不全是信马由缰。第一个想象的诞生，意味着随后的想象必须沿着逻辑的轨道演进。所以写小说，既是大自由，又是大牢笼。在《后花园》里，男主人公宋隐乔与女主人公罗云衣，由于相互赏爱而陶醉在幸福里。两人同车环绕大雁塔，受了彼时的天景地色的诱惑，宋隐乔居然发起诗情来——他要吟诗哪！

这可难为我了，因为我基本不懂诗。于是我劝、我求宋隐乔：别过诗瘾了吧！可他，这个由我杜撰的男子，竟一口回绝！没办法，我只好揣摩他的心思。就是说，我无可选择地，我必须穷尽想象地，要努力推测出他将吟诵的诗句来。

这太艰难了！

刚好此时，两位诗人造访寒庐，馈赠我他俩新出的诗集。得知我的窘境后，其中一个诗人，当下翻开他的诗集，说他刚好有首诗写大雁塔。"送你吧，"诗人慷慨地说，"小说出版后，请我吃碗羊肉泡就是！"

我当即表示感谢，以免辜负了诗人的好意。

事实上我当时一看那诗，就觉得无法借用，因为它根本不吻合宋隐乔这个特定的人物。何况我联想起一件往事：多年前一部火爆的小说由于未注出处地引用了一位女诗人的几句诗，结果吃了一场官司，弄得作者臭名随香名齐飞。前车之鉴呀。还是自力更生的好。

某天早起，洗漱罢了，沏茶一杯。马桶一蹲，但觉春潮涌动，如春蛇窜过草地，那个流畅痛快呐。越目窗外，正值旭日抬升，雾幕四谢，爽风撩颊，南山在望矣。引颈侧视，只见大雁塔喷霞飞丹，我仿佛看见我的宋隐乔、我的罗云衣，正驰车环绕大雁塔……随手抓笔，竟将宋隐乔的"诗"，拽将出来。这，就是《后花园》里，宋隐乔吟诵的"大雁塔"，或曰"唐鸟"——

绕一圈儿再绕一圈儿大雁塔
大雁塔跟大雁究竟什么关系
哀家一直稀里糊涂
总归是唐朝的大雁

唐朝的大雁飞走了
只留下一个大雁塔

大雁塔的拱门款待过大雁
大雁塔旋转身子跟大雁游戏
大雁塔展开影子让大雁签名
大雁塔忽然生出大雁的翅膀

大雁塔就飞了

瞬间幻觉消失
大雁塔依然
人们依然攀登大雁塔如蚂蚁上树
蚂蚁们追寻大雁的声音

大雁是唐朝的国鸟唷
大雁是唐朝的播音员

大雁的声音如婴孩呢喃好听极了
大雁经常邀请李白来当嘉宾
李白一来就抢大雁的话筒
大雁的脾气可好啦
大雁才不跟喝高的人一般见识呢

不过唐朝就喜欢一醉方休
所以大雁每天播送的新闻

全是新酒新诗和新爱情

要是月亮有什么事儿

那一定头条播出

于是唐朝频道的收视率最高

大雁的贡献真大

唐朝人也真够意思

为大雁建起一座大雁塔

大雁要走了

大雁向往更辽阔的天更美丽的云

大雁驮着唐朝飞走了

我们看不见了唐朝

是因为我们看不见了大雁

大雁只让我们看见大雁塔

看见这唐朝的形象工程

大雁塔每天都在自言自语

我想大雁我想大雁我想大雁

我真的好想好想大雁啊

附注：

这是一篇旧文，补充几句。关于大雁塔的来历，史实当然是起因于皇家宗教活动及储君孝道，但民间还是相信传说。传说有多种版本。传说不论发生在印度还是发生在中国，皆是说大雁看见修塔的工匠或者僧人挨饿，便落撞而死，以身饲人。不过我，倒喜欢这么一个说法：玄奘经过塔克拉玛干沙漠时，无水，焦渴将毙。忽然飞来一只大雁，前引玄奘直到水源处。玄奘回到长安后，感念大雁之恩，修了一座塔。

我每天上下班，公交车都要环绕大雁塔。眼望塔影，似与古人对话，真是感慨万端。古人的境界，古人生命的深度与宽度，古人的"众生"概念，是我们现代人难以企及的。飞翔之梦始终伴随古人，浪漫拔俗，居然为鹳雀修一个楼，为黄鹤修一个楼，为大雁建一个塔。

所幸现在，诗意似在局部复活。散步于西安的街道，脚前几尺之内，总是蹦跶着一只两只三四只的麻雀，这一个个生动活泼，仿佛为生动活泼的唐诗补缺一个个标点符号。窃想我要是有很多钱，我就为麻雀建一个塔，或者楼呀阁呀馆呀什么的。

（2010年）

春讯

身体是小宇宙。自观身体,便知万物变化。

前夜脚痒,以为没换袜子。可是换了袜子,昨夜依然痒。这才恍然,原来是脚气犯了!

不知何时染上脚气。初开始是讨厌的。后来释然了,因为我们天天使用脚、驱使脚,却基本上忽略了脚的存在,直到脚气发作,我们才惊醒,原来我们有一双重要的脚啊。

赶紧找出药膏杀脚气。人类号称万物之灵,其实吹牛,最简单的例证是,至今不能根除脚气,无非是着急了镇压一通。过一段时间,脚气还是脚气。

剪开药膏口，犹豫起来，并未涂抹。这脚气，是身体的春讯，并由此导致整个身心的复活。

后半夜，就有了一个奇妙的梦。一片绿云飘然眼前，音调优美地对我说："我就是脚气，很感动你对我的准确理解！山无云而直白，石无藓而乏味。我就是你身上的云和藓。由于我的存在，你便是一个'病人'，重大的病毒会由我替你疏导出去，于是你就健康地活着。你要明白，人无小恙，必有大疾啊！"

正想就另外的问题请教脚气，忽然被响声扰醒了。那一瞬间，绿云如一片风荷，再次飘然消失。原来是忘了关手机，短信叮咚如泉。我没有看，而是洗漱，早点。然后上班。

等公交车的时候，发现街两边的树木，尽管或枯或缀满黄叶，却隐约又分明感觉出，一股强大的绿意，在萌动，在发情，以呼应初显暖意的美丽的阳光，春天的阳光。

公交车上坐好，开始看短信、复短信。一共八条，四男四女，阴阳和谐，温暖怡人。

我过去，最喜欢的季节是秋天。然后依次是冬天、夏天、春天。然而去年的秋天特别肃杀，去年的冬天特别寡薄，感觉竟是平生没有过的。好在总算熬过去了，于是平生第一次发觉：春天，确实好。

春天，你好！

(2010年）

子有先生逸事

之一，戒色妙方

子有先生偶然结识了一个美妇，大有"风乍起，吹皱一池春水"之感，就天天害起相思来。一次筵聚，多喝了几杯，没留神就自曝了这事。众大笑。席间有一医生，曰："可喜可贺啊老兄，这说明你很健康嘛！""可是，"子有先生说，"健康倒是健康，只是弄得我什么事也干不成了！你能否给个方子，救愚兄一把？"医生就给他耳语了一番。

听了医生的耳语，子有先生将信将疑。次日早起，他取消了数十年未曾间断过的早点，到公园里推了几把太极。有点饿，忍着走过早点摊。想那美妇人的眼神，那眼睛如"两颗插着翅膀的葡萄"，在子有先生的脑袋周围绕来绕去。烦呐！

总算挨过了上午。子有先生是个热闹人，朋友们爱约他吃饭。但是今天他编造了很多借口，一一推掉了饭局。当人们都在午餐时，他却独自躺在办公室的沙发上，想那个美妇。那美妇至少过了三十五岁，可为什么还有那样细柔婀娜的腰呢？

到了下午四点左右，子有先生一点儿也不想那美妇了，整个脑子里只有一个字———饿！

许多年不曾体验过饿了。人一饿，脑子就变得异常活跃清晰，但脑子里所想的，却全是有关吃与饿的历史画面。饿，是一种苦难；而人为的饿，则是一种艺术。人在饿中，只想一个字：吃！饿，在真正贫困的年代里，是一种非常的难受；而在太平盛世里，却是一种稀罕的享受了。

子有先生决定延长这种享受，故一直拖到夜里十点过了，才让妻子炒了半碟米饭，又热了一碗残羹剩汤。吃得那个香呐！并且一觉睡到大天亮，连个梦也没做。

自此，子有先生但凡见了漂亮女人，激起他的胡思乱想、干扰他不能干正事时，便启动"饥饿疗法"。此法有奇效，协助子有先生熬过了许多难以熬过的日子。

之二，绝拍

子有先生曾有一阵子迷上了书法。某日，他写了"春风中庸"四个字，粘到墙上兀自欣赏。首先是内容不错，他心里自叹着。春风这东西，不分级别，不看职称，也不管你是什么种族，更不在乎你是城里人还是乡下人，春风啊，对谁都是一样和煦温暖。

就在这时，来了个笑眯眯的胖子。"好字呀！"胖子惊叫一声。"怎么个好法呢？"子有先生笑了。"猛看上去有魏碑风骨，细看之下又含右军气韵。"胖子说了一大篇话，几乎把古今的书法名家都扯了出来。最后的结论是："您这四个字，与任何一位大师的字并在一起，都毫不逊色，而且有您的自家个性。"

"你这么说来，我这幅字就是个杰作啦！"

"呵，呵呵，那倒也不是。"

"既然不是，那就说明它还有缺点，请你给指出来吧。"

"这个嘛————"

矮墩墩的胖子就踮起脚，像搜寻虱子似的，脸蛋几乎贴着"春风中庸"，让后脑勺筛了好几圈。

"确实有点缺憾！""快指出来，我好矫正嘛。""您瞧，"胖子一脸严肃地说，"印泥有点弱，您该换换喽！"

事后很久，子有先生还在回味这个马屁，以为这个马屁拍到了极致，可谓"绝拍"。只是此后，再也没有见过胖子了，当然也偶尔通个电话，然而邀请他来，他也总是支吾着没来。

子有先生忍不住暗笑了：我说胖子呀，既然你爱拍马屁，就要考虑细水长流；你一开头就拍了个顶点，以后的马屁事业怎么持续发展呐！就像有些呆子，三十岁前拼成了名人，后半生的日子能好过才算见了鬼呢。

（2012年）

以此说为准

出行的方式不一样，遇见的人与事就不一样。选择马车、汽车或是火车，或者索性是步行，沿途会碰见什么故事，这是再天才的小说家也无法预告的。然而互联网一撒，世界顷刻缩小，四海倏忽眼底，不可能交往的人居然就神奇地交往上了！此举一例。

好多年前，博客来访一位网名最美流花的读者，留言诙谐有趣。回访一瞧，人家是杭州一位教授型女作家，文章写得简明爽快，读书量是我的几倍呢，不刮目不由人了。自然就相互关注了。

最美流花真名马毓敏，就我的两部长篇小说《落红》

《后花园》，写了一篇不吝赞扬的文章。于是感动。后来她要出一本书，让我题写书名"花流影人"。认真写了一堆，挑个顺眼的寄去。对方收到后，当即转来一千元润笔费，实在惊骇了我！我说我固然也属于死爱钱之流，不过我早就声明过同道请写书名是给我荣耀呢，不让我倒贴银子就很慈悲喽。她说你没必要高雅哦，我只是，让你自己换条烟买瓶酒罢了——烟酒没法寄哦！我说这个性质不同。

马教授是鲁迅同乡绍兴人，见我没有点收润笔，四月份就快递来新采的龙井茶。寄一次也罢，连续四年的四月天准时寄茶来，用句网络流行话讲：这就让人尴尬了。今年龙井茶再来时，随手撕一片包装袋纸，即兴手札一篇曰：

苏轼，美髯公也。当杭州市市长时，率领市民清理西湖淤泥。一妇女惊呼道："先生，你腿上这么多毛啊，何不拔而制笔！"轼从其计。笔成首写一诗："水光潋滟晴方好……"此事未见正史，乃昨夜梦里，坡仙亲口告我也。

长安　采南台手稿

拍照发微信，原件寄赠钱塘雅人，聊作回谢。对方收到后，当即精装以补壁。江西青年作家、《教师博览》编辑周正旺看了很喜欢，下载拟发于杂志封页。结果终审时被撤掉，理由是"对古人不敬"。

苏轼两次外放杭州，第一次三十六岁，任通判，是个副职，没有也不可能有所作为。第二次就不一样了。五十四岁的苏轼受命杭州太守，当上了一把手市长。此任期他做了两件关乎民生的大实事，一是防瘟疫流行病，设立了可能是中国历史上最早的公立医院；二是统领市民整治西湖，疏通淤塞年久的大运河。

不料微信发布后，引起朋友圈中"学术严谨"者质疑，令人喷茶。其一说苏东坡这首《饮湖上初晴后雨》之二，并没有留下手迹，你凭什么说人家是拿腿毛笔写的？其二扬言原手稿已发现，眼下正处在专家证实与证伪阶段。不过可以肯定，绝不是拿腿毛笔写的！当然也不是鸡毛笔鸭毛笔鹅毛笔，也不是胎毛笔腋毛笔，而是用的鹿毛笔！其三之说愈加另具只眼，说苏学士胡须多，但是胡须多的人一般体毛少，因为毛全集中到嘴巴周围了，若说他自拔胡须制笔写诗倒有可能……我不再回答，唯有窃笑，切实感受到不少的所谓学术活动，实则跟长舌妇议论谁家女人偷汉子一般，除了消磨时光也就图个破愁解闷。

那么历史究竟有没有真实性？这是无须质疑的，一切发生过的历史便是真实的历史。难题难在你怎么才能知道这个真实。无非两个渠道，一是听人说，一是看史书。人说也好书记也罢，皆是人之所为，这便有了主观性。所以我们获取的历史知识，是别人筛选取舍过的历史，是重构甚或虚构过的历史，与真实的历史必然形成偏差，甚至风马牛之偏差。

霸王别姬的故事传颂了几千年，但是真相到底如何？那是谁也闹不清搞不准的。《项羽本纪》里仅有这么几句简约记载，时在楚霸王被困垓下的最后关头，原文是：

　　有美人名虞，常幸从；骏马名骓，常骑之。

于是项王乃悲歌慷慨，自为诗曰："力拔山兮气
盖世，时不利兮骓不逝。骓不逝兮可奈何，虞兮
虞兮奈若何！"歌数阕，美人和之，项王泣数行
下，左右皆泣，莫能仰视。

《史记》里的文章如果要排雌雄，那么我以为《项羽
本纪》当为第一雄文。从史学价值看，此作记载了战国末
期的统一战争、秦末造反战争之后的两大政治集团争夺天
下的规模最大的一场战争……一句话，由于项羽之死，标
志着中国数百年大动荡大裂变之终结，于是项羽的影响力
超过了以后的多数帝王。一个失败了的英雄享有如此"与
日月兮齐光"的知名度，全赖太史公手中那管天才神笔。

项羽吟诵绝命诗的那段描写，是整篇作品最为悲壮
处，因而也是最为动人处。正是"有美人名虞，常幸从"
这句话，引起后世文艺家翩然艳想，敷衍出美人名虞拔剑
歌且舞，为报项王宠爱之恩而自刎于军帐——可是原文
里，压根不见自刎这回事呀！

虽有"美人和之"四个字，也仅仅有这四个字，意思

残缺：和了什么诗？抑或唱了什么歌？不知道。不知道了才好呢，正好让文艺家们借机"根据特定人物与特定场景"，替美人虞——虞姬二字是后来出现的名字——杜撰出无数种版本的诗词歌赋，反正目的是借虞之艳体香魂炫耀自家之才情离骚。

其实此前有史书一卷曰《楚汉春秋》，其中记载有虞女所歌内容：

汉兵已略地，四方楚歌声。

大王意气尽，贱妾何聊生！

司马迁应当读过，但是他眼力极高，或许觉得这四句诗太一般化，不足以匹配"力拔山兮气盖世"，所以略去不提。

在"有美人名虞，常幸从"这句话之前，虞没有出现过，就是说虞是在项羽战死前夕突兀冒出来的。我于是晃着放大镜，一字一字往后看，要看看虞美人去哪了。结果非常扫兴，看完最后一个字，虞之花容再未闪现过，跟

《道德经》作者李耳一样不知所终了。难道，虞只是司马迁为了营造悲美氛围而即兴捏造的一个人物？捏造是有可能的。昼战夜斗、命在旦夕，女人随军不亦累赘乎！可是再一想，带着女人的可能性更大。项羽毕竟夺取了天下、自称了西楚霸王，一切待遇自然等同皇帝。就算他日勤夜政不耽女色，属下们也一定会绞尽脑汁为他服务好的，人之所欲、王之特权也一定会被安排得妥妥帖帖的。何况项羽二十来岁就驰名天下，正有无数婵娟竖着耳朵逮信息，时刻期待着许以玉身呢。

霸王别姬无论史上真有还是虚有，之所以被人们津津乐道，原因正在于英雄美人故事永远都在上演，人们需要一个荡气回肠的典型案例来扼腕叹息、来满足自身对于悲剧美的心灵升华的诉求。英雄美人的爱情模式多半在剑影血光里落幕；与此相对，才子佳人的爱情模式更乐意被神往被接受。退而求其次，男耕女织一辈子，也是聊可自慰的。

项羽被困杀后，激起舆论的极大震撼与叹息，随之流传出真假混杂的细节与故事。司马迁虽然没有写，抑或不想杜撰霸王别姬，但是传说需要霸王别姬、人民需要霸王别姬，"古今多少事，都付笑谈中"——需要"笑谈"霸王别姬，一言以蔽之，人的审美心理需要一个如此惨烈凄美、澡雪灵魂的悲剧故事。没有这样的故事，就无法衍生出无数感人至深的作品，比如下面这两首：

其一

三军散尽旌旗倒，玉帐佳人坐中老。

香魂夜逐剑光飞，青血化为原上草。

其二

君王意气尽江东，贱妾何堪入汉宫。

碧血化为江上草，花开更比杜鹃红。

司马迁出生于项羽战死后半个多世纪，四十岁左右时因替投降匈奴的李陵辩护遭受宫刑。我推测《项羽本纪》写于受刑之后。或者虽写于受刑之前，但是受刑之后做了特别的修订润色。他在《高祖本纪》里对于刘邦的描述，不时露出暗讽之笔；而在《项羽本纪》里对于项羽，则充满了激赏与扼腕，塑造了一个阳光莽汉形象。作为文章圣手，司马迁懂得保护自身，自然不会端直褒项羽而贬刘邦，而是以事实说话。没错，事实全摆在那儿，关键看你选择什么样的事实。选择性就是倾向性——这是写作艺术的屈指可数的真理之一，此真理事实上也一直被不自觉地广泛运用于人生的各个层面，比如婚姻中介（媒婆说媒）等。

楚汉争斗久持不下，一次对阵激杀前，项羽对刘邦说："天下匈匈数岁者，徒以吾两人耳。愿与汉王挑战决雌雄，毋徒苦天下之民父子为也！"汉王笑谢曰："吾宁斗智，不能斗力。"

这段对话活活写出了政治上的项羽是多么幼稚，江山争夺是军力与民心、必然与意外、刻意与无心、诡计与阳谋等诸般因素综合发力之搏杀较量，而项羽却提议与刘邦单斗决输赢，岂不等于将改朝换代的伟大事业儿戏化！不过恰是项羽的这种天真得近乎童趣，才让人倍觉其率真可爱。面对如此笨拙的倡议，比项羽大二十四岁的刘邦，自然要"笑谢"啦，窃喜之态恍若眼前：亏你小儿能想出这等馊主意，毫无政治智慧嘛，还跟我玩什么啊玩！

顺便说一句，项羽究竟死于多大年岁？有三说，一说二十八岁，一说三十岁，一说三十二岁。总之一生短暂、壮怀激烈。

楚汉战争百年之后，司马迁才将其书写于竹帛上，因此存在疑点与破绽是自然而然的，情有可原的，甚至简直是理所应当的。何况记载有同异、传说最变形，时光如狂风流沙，我们又该去哪里获得真实与真相呢？且有必要获得绝对的真实与真相吗？实在没那个必要。只要核心事件真实，比如别把秦始皇统一天下的功劳栽到商鞅头上，或者硬说丝绸之路第一人不是张骞，而是后来的唐玄奘……至于其他一些不属于"改变历史进程的人与事"，只要说得不是太离谱，也就可以马马虎虎当作"信史"了。

司马迁记载了他之前的三千年中华史，后世不是全拿《史记》来说事、来佐证吗？尽管不时有文史专家撰文就《史记》的某个人物某件史实质疑啊商榷啊，除了给撰写者带来有限的声誉以及用于申报课题、晋升职称外，实则毫无意义，因为没有谁乐意采纳，没必要冒那个扯皮风险嘛，不值噢。最省心的手段依然是引录《史记》为我所用。于是太史公高卧云端掀髯一笑：历史以我写的为准，就这么定了！

再闲笔一句。宫刑后不再生产雄性激素，胡须全部褪光了，照说无"髯"可"掀"，但是高卧云端的太史公那是神仙人物啊，凡间受的冤屈早就平反了呢。

回到文章开头，苏轼到底拿什么毛笔写的"欲把西湖比西子，淡妆浓抹总相宜"？没有记载。没有记载便预设了无数种注解之空间。苏东坡首先是个勤政爱民的市长，天生没有架子，压根不把市长官位当回事，挽起裤管撸起袖子与市民一块儿清理西湖淤泥，是再正常不过的事。其次他是个乐天派，是个浪漫诗人，纯真幽默风采迷人，谁见了他都喜悦不已，尤其妇女们。一个妇女打趣他，建议他拔了腿毛做笔，他自然明白这是开他的玩笑。可是他忽然又顽皮发作痴气乱冒，真就拔下腿毛制作毛笔了！一句话，他不去想太多，他之所以妇女咋说他咋做，完全是他觉得这么做太好玩了。是啊，苏东坡一生都觉得人间万事无不好玩也！

　　——于是敝人一篇手札，说坡仙西湖诗是用其自身腿毛笔写的，以后或许就"以此说为准"也未可知。一粲。

（2017年）

文学使人清贵自在

文学二字解释甚多。于是有了争论，有了各执一词。所以便永无定论。汉语是门阴阳对应的艺术，不妨从文学对应词——武学来解读。这就容易明白了：文学是君子动口不动手，是和平思想，是人道主义，是慈悲与仁爱，是鲜花与美酒，是理想与自由。当然首先是精神上的理想与自由。

帝王谥号常用文王武王、文帝武帝——何以文先武后呢？因为文比武高贵，高贵在不须战争而使天下海晏河清。这至少提醒文学在处理战争题材时，不可以颂扬心态描绘伏尸百万的战争场面。文学既是和平与爱情，也因而只能是安宁富庶的体现。如今虽然矛盾不少，但是爱文学人数之众，还是前所未有的，正说明某种安宁富庶。若是吃了上顿没下顿，谁来闲情闹文学？

互联网时代，彻底锯掉了文学门槛：人人皆可当作家，随写随发表。作品若能引人共鸣，吸粉速度之迅令人惊讶。这让体制内文学生产者很掉面子，眼红嘲骂之外，也只有无奈二字了。总而言之，如今看上去作家人数似乎超过了读者人数，但我仍以为是好事。

网络作品泛滥成海量，够不够文学且不论，正面意义是养成了大众读文学的习惯。垃圾食品吃多了，自然会选择绿色精华食品的。问题在于你体制内文学家能否生产出绿色精华作品。

文学界是一个管理层面的称谓，因为文学原本就没有，也不应该有"界"的。文学属于所有人。只要你识文断字，不管你爱不爱文学，文学都或多或少地影响你。你总能背诵几首唐诗宋词吧？这正是文学之于你的必不可少。

因此有文学的人生与没文学的人生，文学味浓的人生与文学味淡的人生，那是截然不同的人生。有了文学陪伴，你对人的理解、与人的相处便高了一个境界。有了文学情怀，在物欲横流的俗世中，你会享有一种清贵自在的风度，内心之乐不可道于外人也。

（2018年）

夫妻称谓及《西游记》

从前在乡下，村夫村妇多互称：孩儿他爹、他娘。如此互称的夫妻，多半也是因媒妁之言，抑或索性指腹为婚在一起的，照说没啥感情，只是由于信命，觉得既然命定如此，不如把对方当了宝贝，日子居然越过越红火。这类夫妻大抵不识字，却天然地懂得夫德妇道。更有一种夫妻——我家乡就有，一辈子没红过脸，也不曾叫过对方名字，需要叫时，只说一个语气词"哎"，羞怯含蓄的样子。有了孩子交流就方便了，叫一声"他娘""他爹"即可。

但是对外呢，不管谁拿事，夫妻俩都称另一半为"当家的""掌柜的"。即使他或她能拍板，比如面对人来借钱，若是不想借，便说：我没问题，可我做不了主，得掌柜的发话呀！夫妻分工红黑脸，配合得天衣无缝。

再好的夫妻也有闹气的时候。逢此时，丈夫会对外人称自家妻子是"混账婆娘"，是"麻胡蛋"，是"母老虎"，妻子则称丈夫"死鬼""挨刀的""挨千刀的"。但有时也并非真的诅咒，反倒是某种亲昵表达。好比问一个小伙：你把那女娃追到手没？小伙很沮丧地说：人家还没骂我"你真坏"呢！显然这里的"你真坏"等于"你可爱"。

乱翻《西游记》时，吃惊地发现牛魔王称自己老婆铁扇公主为"山妻"，这可是雅人谦称哦，真的粗人村夫，是不会这么玩的。我第一次见到"山妻"一词，好像是钱锺书对别人称杨绛，杨绛则自称"煮饭婆"，那叫高雅，幽默，好玩。没想到原来牛魔王早就用过了"山妻"！牛魔王还爱书法——"正在那里静玩丹书"（见《西游记》第六十回）。至于猪八戒这么个粗人，也是该斯文处绝不含糊，当着孙悟空、唐僧面称自己老婆高翠兰为"拙荆"，临别时对岳父又改称媳妇为"浑家"，活学活用、见人下菜，呆子不呆也么二哥哥！

至于小说里的男女妖怪，只要情一动，风雅随口来，女称男"良人"呀"郎君"呀，男呼女"美人儿"哟"宝贝儿"哟……腻歪歪不由人粲然一笑。妖怪都有些特异的功夫与法术，但是对待爱情，却并不霸王硬上弓，更不使用迷魂药之类下三烂手段，而是耐心做思想工作，一身软骨、极尽讨好——正是这种描写体现了吴承恩的慈悲心。

我曾说过，如果要我在古今中外只选一部长篇小说，没啥说的，我就选《西游记》，因为每一个人无论从哪个角度读，都能读出你可以理解与喜爱的，并且叹为观止的部分！如果你想当作家，我看读不读中文系，上不上文学院都不打紧，但最好能精读《西游记》。

少时读《西游记》，跳跃式读，专挑捉妖拿怪处读。如今却是反过来了，唯留心语言文采处读，人物塑造处揣摩着读。尤其是其对现实生活的无比天才的精准再现，观察之独到、表现之别裁，无不令人绝倒。至于吴承恩那渊博的学识及其星河般灿烂的想象力，那就更不用说了。

（2018年）

128

鸡蛋之歌

　　外出归来，昨夜床上两个人，形成竞赛睡觉态势，导致今早起来迟。过了早点时间，吃与不吃，犹豫了几分钟。吃，是人生无可争议的头等大事。那就煮鸡蛋吧。

　　煮鸡蛋的方法是这样：凉水锅里下鸡蛋，文火缓缓升其温。水开后，咕嘟个五分钟，熟啦。开水倒掉，注满凉水。冷却五分钟后，可食矣。

　　为何煮鸡蛋要凉水入锅？因为鸡蛋性情温柔，脾气却是暴躁。开水锅里下鸡蛋？眨眼爆炸咧！所以要冷水淹其肤，微火渐升温。好比跟林黛玉类人儿谈恋爱，霸王硬上弓只能招致抽嘴巴。

鸡蛋煮好后，要当即换成凉水浸泡。冷暖相撞，蛋与壳就两张皮了，剥而食之爽利了。冶炼啊铸造啊，包括气球旅行、卫星发射等高端领域，也用的这个原理。至少部分原理。

说来惭愧，过去虽然煮过鸡蛋，但煮的时间凭感觉，出锅的蛋要么糨糊状，要么健身球。问题出在不知道"水开后，咕嘟个五分钟"这一关键技术参数，还是不久前，我九十岁的岳母现场辅导得来！岳母少女时，曾给藏在山洞里的受伤红军送过饭。如今教我煮鸡蛋，也算是一种传承吧。

如今城市生活现代化而便捷。只要会一样工作能赚钱，其余皆可无知，一部手机全搞定。比如路上尽跑快递哥外卖弟，你想吃啥了点一下手机，人家很快送上门来。于是我断定有许多人，尤其年轻人未必会煮鸡蛋呢。不是常说文学要为人民服务吗？所以我就不厌其烦地写下煮鸡蛋的方法。

继续闲话解闷。

鸡为六畜之一，何时驯化为人类伙伴？司马迁没有考证出来，索性回避不提。先有鸡还是先有蛋？爱因斯坦都不晓得，况乎我等蠢货！但是鸡与鸡下其蛋，曾帮助七八亿中国农人渡过危命岁月，我却是知道的，亲身经历过的。鸡与蛋立下了汗马功劳，足以彪炳史册。

那是改革开放前的人民公社年代。彼时国情，照报纸说法，既无外债又无内债。且没有失业，物价长期稳定。此处只说物价。鸡蛋当然有大有小，不过平均算来，一颗鸡蛋五分钱吧。

五分钱什么概念？一个壮劳农民下地干一天活，各地拉匀，平均算来，折合人民币八分钱左右。而城里人吃商品粮，基本有工作、领工资。月均工资三十五元吧。咱就偏个心，耍个大方遮个丑，城里人按一天一元工资计，是乡下农民日收入的多少倍呢？不算不知道，一算惊天地。

所以当时中国，国家神话是"两弹一星"，乡人神话是跳出农门。后者，才更是千家万户的日思夜想，被无数的文学作品描写过。

所以养鸡是农人的副业，吃鸡是市民的福利。除了逢年过节，或孕妇生娃、老人生病，平时没有谁家舍得吃鸡蛋的。鸡蛋要卖钱，换回油盐之类日用。有几年两条路线斗争相当激烈，多养鸡属于走资本主义道路，遂规定一个人头一只鸡。多养的鸡算是资本主义长出的尾巴，一割了之。仅有的几只鸡就成了家庭财神爷，鸡屁眼变成银行取钱的小窗口。偷鸡摸蛋时有发生。大打出手导致人命，并非传奇。所以必须看紧鸡，半夜闻鸡叫，全家跳出门——追赶偷鸡贼或者黄鼠狼。

诸如此类那个年代的情景，我去年出版的长篇小说《群山绝响》里，自以为精细描写了。但是我的笔调，却无意于诉苦，唯客观再现，尽一个作家的良知与本分罢了。毕竟新社会，日子比民国战乱年代，不知好了几多许。历史要横看看，再竖看看。横竖不要极端。

（2019年）

熊猫意象

万物原本没有意义，其存在便是全部意义。只因出现了人类及人类的语言无聊，这才动辄赋某事某物以意义。诸如兰草象征高洁呀莲花暗喻佛性呀江海炫耀胸襟呀，等等，实则借物作镜，折射自恋而已。

秦岭南坡观赏了熊猫，我也难抑俗套，兹将熊猫"意义"或"意象"一回。

熊猫可谓集三士于一身：高士。隐士。猛士。

熊猫生活于川陕甘三省高山区，平均海拔两千六百米以上。陕西佛坪熊猫比较接地气，更乐于亲近人类，所以活动在海拔一千五百米之上。总归，熊猫之乡在高处。居高声自远，所以名气传遍世界，满足了人性向高的审美诉求。熊猫身居高位，自然出任高士一职。

高士有清高的一面，不可能整天在媒体上晃悠，也很少在饭局上碰见。总是脱离群众，高隐密林，食谱竹子，节操高雅。脱离群众之于熊猫，是个褒义词，即拒绝世俗公认的价值观，诸如追名逐利之类。所以说熊猫是隐士。

熊猫与同类也不扎堆。除了繁衍后代的天职，万不得已约会异性、爱情那么一下。同时，看上去笨拙的熊猫，实为猛士也。其最特异处为食肉动物里的素食主义者。不是不吃肉，而是鄙视吃肉。豺狼虎豹厉害吧，食肉无厌吧，却没有谁敢惹熊猫。不过熊猫，极具贵族风度，向来人不犯我，我不犯人。猛士并不无端搏杀，而是伟大的和平主义者。一句话，熊猫自带航母而不攻击别人。

所以我说熊猫是高士，隐士，猛士。

（2019年）

办护照

早茶两杯后，滴茶研墨，随便写点什么。多年来的习惯了，没有什么哲学上的意义，不过是如同公交车司机天天早起要出车、发言人天天要准备发言，职业本能而已。

昨上午办了护照，居然很顺利，反倒让我不适应。机构复杂，人浮于事，以往的经验是不跑个三五次，事情是办不成的。所以这次办护照，亲感政风大变，值得一记。

我对出国兴趣不大，也不认为出国就一定长见识，逛遍天下的傻瓜多的是。当然我没出国逛，自然更是傻瓜了。对一个作家而言，能把出生地一平方公里范围内研究透，便有写不尽的素材。写出名著也有可能，比如法布尔的《昆虫记》。

妻子喜欢逛，印象里每年省外一次、国外一次，跟上旅行社跑，属于"花钱起哄照相游"。况且跑得再远，依然吃中国饭、住中国店，交往范围大抵华人圈。这是个潮流，谁也没办法。腰里有几个闲钱，总得花出去。

妻子早就唠叨我从未陪她出过国，说别人都是夫妻双双呢。我说没有退休嘛，职务在身嘛。这回退休了，妻就催我办护照，还强行给我染了发，说办护照要照相的，护照要用十年的，要注意形象，不能给国家丢脸的，云云。换上新衣服，虽已立秋多日，但未出伏，依然热得很，短袖就好。

方域清的幼儿园还未开学，我们就带着他去办护照。可能的话，给他也顺便办个护照，出国撒几泡童子尿，是否长见识难说，总归没啥坏处。开学后，他就上中班了。他上的幼儿园，前身是延安保育院，资历辉煌，保育过不少日后的要人与名人。虽然家住附近，理当上这个园，可是如今城市生活最难的莫过孩子上学，所幸一个朋友曾管过这个保育院，请他出面打了招呼，才入了学。

有句骂人话叫真他妈孙子，意指某家伙捣蛋难管、瞎闹烦人——乃是生活里真实孙子所为的延伸应用。孙子的积极意义是解决了爷爷奶奶退休后的再就业问题，消极作用是个永动机、噪音源，老家伙撑不住呢。我写字时他拿去我的手机下载游戏，说了声不能玩游戏嘛电视里一直演着熊大熊二嘛，孙子尖叫一声就把我微信功能删除了！微信里保存着与朋友往来的各种资料图片，眨眼间乌有了。忍不住给他小屁股一巴掌，大哭一场，结仇半天。

　　方域清跟奶奶关系好。奶奶说赶紧睡，不睡蟑螂来了咬你。他就喊叫爷爷快来保护我，爷就过去横堵床沿。过阵子觉得没啥不安全啊，就一脚抵爷脸上说爷爷你走开我不喜欢你——爷就起身到隔壁房间睡。但也睡不着，因为奶奶孙子对话个没完没了呢——

　　"你刚喝了牛奶，拿牛组个词吧。"

　　"牛羊。"

　　"好，牛头。"

　　"牛腿。"

　　"好，牛眼。"

"牛屎。"

"牛屎脏，不好。"

"牛屎坨子，啊哈哈哈！"

…………

爷爷，我不喜欢你——这是方域清的口头禅。所以每次出门后，他若想要我抱他，或是想架我头上，我一定先问个清楚：喜欢爷爷不？立马回答：喜欢爷爷！爷就高兴地抱之，架之。可是累了往地上一放，他又立即说：爷爷我不喜欢你！短信响了爷掏出手机看，他说：我说了不能玩手机，你为什么不听话呢，为什么还要玩手机呢！

所以这遛孙子工作，那是比遛狗累多了。狗不上你头，孙子则不断上爷头。爷架孙子累了说下来走一会儿吧，孙子倒是下来了，却要与爷赛跑。而且由孙子发令，结果还必须孙子赢。比赛三四次，孙子说爷爷我跑累了，你架我头上吧！我说爷爷很累啊你走几步再架你吧，孙子不，蹲下身子紧紧抱住爷腿谁都没法走。联想舞台上的老戏，老百姓见了官家都是自称小人的，小人有了冤屈求告无门，就瞅准机会拦住官轿抱住老爷腿看你给我申不申冤——这一手估计就是从孙子行为学来的……总之爷遛孙子等于爷滑过山车，没有片刻休息机会。没办法，谁让爷是孙子的仆役、孙子的座驾、孙子的御前带刀护卫呢！

方域清是幸运的，从出生长到现在的四岁零四个月，始终由父母及奶奶爷爷、外爷外婆照管，这六个人物是他的语言主角，更是他的小兵小卒。所以任性，急躁，只好拿警察恫吓他，说再不乖点，就让警察抓走你！他就以为警察是天底下最厉害的人，遛街时远远看见警察，就规矩起来，躲到大人身后。随后逛商场，不要遥控车了，偏要一身幼儿警察服。

去雁塔出入境管理中心四站路，因为孙子捣蛋上错了公交，坐了等于没坐，索性"遛"去。无非一会儿架头上一会儿赛跑，到了目的地大汗淋漓。门口一长溜警车，方域清就紧张起来，不敢进去了。给他讲咱们没做坏事，放心进吧，警察只抓坏人的。进门时死死拽住爷手，躲爷屁股后。一个年轻女警官见他好玩儿，笑着蹲下身子跟他亲切说话，他就放松了，竟炫耀他也有警服！女警官说你那是假的，我们看见了会把你抓起来！他脸色顿时大变，马上要哭的样子，女警官赶紧说没事没事，你只在家里穿没事！

但是不能给方域清办护照，得由监护人（他父母）带他来办。

上到二楼，递上身份证压在一个仪器上，警官滑动鼠标，不知在屏幕上查看些什么，查看了几分钟后说你可以办护照。照过相后，身份证塞进一个仪器，按程序操作出一张表格，多数内容打印其上，无须动笔。却有港澳通行证很复杂，什么亲属啊学术交流啊两地栖居啊经常往返啊之类……填了几个字忽然懒得填了，因为港澳早就去过。至于想去台湾的话，则需另外单独办证。

填完两张表，表上扫码缴费一百八十元，让一周后持身份证来取护照。

（2019年）

好作品费发现

以我近期文学阅读看，凡热衷于各类培训班，文学创作经验谈得高屋建瓴、银河倒悬者，其作品往往一般化；而优秀作家呢，口齿笨拙形而下，啰里啰唆不得要领。所以，《中华读书报》约我写篇谈创作的文章，立马让我陷入两难境地：谈好了，读者定然以为我也是个耍嘴皮子的货色；谈不好呢，于我心有不甘啊。电话响了——

陌生号码，接，还是不接？照例响三声，接，假如是快递呢？"哥，需要木地板吗？我们正搞活动，优惠。"回说眼下不需要，哥很抱歉，挂断。精神产品亦如此。单是一个小小微信圈，每天都见数不清的出版发表展览信息，吆喝叫卖之声如同足球场的墨西哥人浪，风吹丝绸此起彼伏。至于买家究竟多少，天晓得。其实卖得好的，受众喜欢的产品压根不用吆喝。我深信好的产品本身，就是最佳广告。一人发现好作品，必会推荐其友。其友再推荐友之友，便如墨点滴入清水池，微风吹来迅速扩大。可见产品的质量是首要元素。或可说是唯一元素。

那么怎样的作品才算好作品，才算不愁卖的作品呢？这个问题没有标准答案。或曰有多少作家，有多少读者，便有多少答案。我的回答是再版《落红》（陕西师范大学出版总社2015年版）后记里所说的："文学，就是打开人性，分享我们自身。"展开来说难免累赘，此处只强调一句：作家写作时，脑子里万万不可有那个要命的、该死的"卖"字。这就是为谁写作的问题了。

过去一直说为人民写作，当然是真理，且有着许多成功的作品印证此真理。但我认为这只是真理之一，因为同时存在着另外的写作动机，即只是为自己写作，不写作灵魂不得安宁，同样有大量作品予以印证。我属于后者，惭愧。我这类业余作家，就这素质。

下来谈点形而下的具体写作。也并不深奥，是我在陕南某次文学座谈会上所讲。大意是我以为写作，就是回避的艺术。回避你所读过的作品，回避你自己写过的作品，回避新闻甚至包括影视可以表现，并业已被表现、被不断表现的东西。否则是拓片，不叫原创。比如写母亲，几乎所有的作家都写过母亲，但写母亲的名篇却少。原因在于重复的东西多。细节可能不重复，但思想立意重复。好作品诞生于作者深受感动，而深受感动写出来的作品未必好——重复之故也。

杰出的文学作品，尤其是杰出的小说作品，无非具有两点，一是独特的审美性，一是普遍的人类性。地域风俗文化，之于"独特的审美性"意义重大，尽管不是唯一。比如谚语，就挺有意思，看上去白开水，并无微言大义，却有着无可替代的认识与审美价值。比如陕西有种谚语，"好啥费啥"结构模式，一种没有尽头、永远在接力创作的民间文学。我看了后，觉得有必要去粗取精，于是"文人加工提炼"了四句：

好火费炭，

好菜费饭；

好辣子费蒜，

好婆姨费汉。

我拿隶书写出来发布微信圈，一时点赞如瀑布，笑声欲破屏。同时留言了很多"好啥费啥"，让我大开眼界。但是多半内容虽说有趣，却立意重复，且粗俗如薛蟠，因此没必要扩编我遴选的四句。且听缘由。

陕西地理具有全中国的最独特性。陕北的牧地与丘壑，关中的平原与粮仓，陕南的山水与灵秀，堪称微缩版中国，其他任一省份皆无法如此。可是长期以来，陕西的文化符号始终给外界以片面传递，导致错读误判。最初是一帮白羊肚手巾黄土高原上打腰鼓烟尘飞扬，人们以为这就是陕西了，错！后来关中东府高腔"他大舅他二舅"突然火起来，外界又以为这才是陕西呢，又错！至于陕南的秦巴山汉江水，尚未符号化传播，算是一大留白。

陕西就是中国的缩影，广博繁杂，很难，甚至可以说永远都无法出现抽象化的，被普遍认可的文化符号。

所以我不揣冒昧，选拔四句谚语代表陕西。虽然没啥新意，不过是将"饮食男女，人之大欲存焉"之圣言，普罗大众化而已。其中"好辣子费蒜"一句，许多微友不解，我只好解释一番，说这是指陕南。陕北关中吃辣椒，是与大蒜分开来吃的，陕南不。陕南人总是将辣椒放入蒜窝，捣一阵后添加大蒜，捣成黏糊状却也依然红白分明时，舀出来食用。要想辣子香，唯有多放蒜——好辣子费蒜嘛。

那么好作品费什么呢？费发现。并不是所有发现都能写成作品。所有发现往往等于司空见惯。只有极少时刻的极少发现，才可能属于文学的发现，才可能成为作品的素材。是的，也仅仅是个素材，距离作品尚有一段复杂的路程，复杂程度一如将金矿变成金币。

（2019年）

夜行

阴历下旬月的夜，是黑的。漆黑漆黑的。若是阴天，那就比漆黑更漆黑了。如果此时必须出行，又不能让外人知道，那就不能打灯笼。家里有手电筒，也不能带，必须带上也不要用。当然同时，需要等待周围所有人家熄灯睡了之后，才可出门。

我要母亲继续睡，别起来送，儿子大了，不必操心。但我知道，母亲一定抬起身子，从窗洞里看着外面。

刚一出门，当然是伸手不见五指，却见一对珠子，忽明忽绿地转动着，挪到我脚前，轻轻"汪"了一声，是黑狗。这声"汪"的意思是发问：夜深了你去哪呀？我蹲下身子，抚摸狗头，嘴巴尽量挨近狗耳朵：你莫吱声，我要去远方，白天不便走呢！黑狗蹭了蹭我的裤管，打个喷嚏，卧回草窝了。

站起身子，发觉变化了，因为方才出门什么也看不见，只经了一蹲、一起这么一忽儿工夫，门前的小路就恍恍惚惚呈现眼前了。而在过去，在如此的暗夜出门，那是必须打灯的，否则根本看不见！

眼睛与黑夜，有个相互妥协适应的过程，尽管过程不长。

路两边的庄稼地，有微微的气息氤氲出来，皱皱鼻子，香，暗香，带着一丝丝淡淡的麻味香，那是洋芋的味儿。再有几天就是端午节了，可以尝新洋芋了。一个洋芋种子，可切开两瓣或者三瓣。眼儿多的洋芋，能切四瓣。每瓣儿至少得有两个眼儿，以确保发芽。时候到了，刨一窝洋芋出来，如果结得好，大大小小五六个呢！而这个，只需地里生长一百天，便有了如此的收获奇迹！若是种一块钱在地里，一百天后挖出五六块钱来，谁还要外出谋生呀！

小路斜到坡根，那里长眠着慈祥的祖母，近邻着别家的老坟，飘浮着松柏的异香。给祖母深深三鞠躬，心里说：奶，你孙子要出远门了！脚被绊了一下，是个棍儿——怪呀，白天路过没发现棍么，是祖母给我防身用的？就捡拾起来，不粗不细，挂着刚好。

家门外三十里路，哪里过河，哪里拐弯，哪处有棵树，哪处路面有个凸起的楞儿，都熟悉得如同自己的手心手背。不过夜里走路，拿个棍棍，也还是有必要的。瞎子就带个棍儿，棍儿是瞎子的眼睛：脚前点三下，三角形探测是否可行，这才迈前一步。

到了大路上，能见度好多了。大路在川道的中央，与两边山根下的人家保持着较远的距离。孩子啼哭的方向，一个窗口亮了，不久又灭了，应是给孩子端了尿，啼哭由强到弱，安静了。

这时的声音，唯有小河的流水声，汩汩蛐蛐的，看上去如同微风里的，没有洗干净的长长的手帕。原以为天上的云乌黑呢，仰望了一下，那云不是太黑，厚薄也不甚均匀，如同小姑娘第一次学摊的煎饼，荞面煎饼。

左边坡根一处，一团浓重的黑，那是一户人家门前的两棵大槐树，突然一闪两点红，是什么爬树动物的眼睛吗？还是吊死鬼？我不由一个惊颤，将挎包挪到另一侧，一手攥紧棍子，一手抚摸挎包沿上的喷漆字，"红军不怕远征难"。挎包里装着唯一的换洗衣服，和一个苞谷馍干粮。

距离家门远了，心理顾忌大为减弱，即便碰见个谁，也没啥关系，人家才懒得管你去干啥呢。不过这等深更半夜，也不会碰见人的，碰见了大概只能是鬼吧。想着鬼好像鬼真的来了——

河流被一个山嘴改变了流向，弯折到对面山坡下，那里有一个废弃的油坊。柴油机出现后，人工榨油就退出了历史舞台。正胡想时，分明看见一个单腿人影蹦出油坊门，又迅速退回去，同时笃笃两响——鬼吗？棍子在空中抡了一圈，脚步并未停，而是加速，加速经过油坊门口时，闭上眼睛，使劲大声呸、呸、呸！传说鬼怕唾沫。

闭眼走过两丈远，睁开眼睛，不睁眼看不清路。可是这一闭一睁的工夫，黑夜更黑了，如同泼了一桶墨汁，黑稠得什么也看不见了，还带着一股臭味！我当然清楚，这是另一户人家的猪圈，同时传来猪的两声哼哼，过去以为猪睡得很死呢！棍子探路，全然成了瞎子，加速，脊背渗汗，几秒钟后视觉恢复，没敢回头。

绕过这个山梁，地势再次开阔了。庄稼地里嗖嗖声，不可能再是鬼吧？不管不顾，走自己的路要紧。两面的，高高的山坡地上，有几处忽明忽暗的火光，那叫"煨火粪"——因为太高，粪尿无法驮上去，只能就地采取杂草腐土煨烧火粪。海拔高，气温低，玉米下种迟。

但是那几点火，也可能不是粪火，而是自燃磷火，白色，或者蓝绿色的火，人们叫它鬼火。狗的叫声传来，再黑的夜里，狗都能看见一切。狗叫是狗说话，可是没有人能听懂。但是人的话，狗是能听懂的。狗能看见各式各样的鬼，于是大叫小叫，急叫缓叫，等于给人报警。

狗叫声一停，过那么一阵子，便听见了夜虫们唧唧溜溜，密密麻麻的、细细弱弱的声音，织网了神秘的山川土地之夜。

右边，是一片广大的稻田，因为秧苗刚插没几天，水光与苗影杂糅一团，再过一段时间，就看不见水光了——秧苗长高了，叶片蓬松开了。隔着这片水田，便是一家大地主的宅院，当然早被贫下中农分了住。宅院外面的树木，竹园，黑乎乎的，传出一串鸟叫，相当好听，便想起一个风骚女人。

那风骚女人相当漂亮，不漂亮便没有风骚的本钱。说她风骚仅指她开得起玩笑，开任何玩笑她都不恼，最终开得你失败。仅此而已，别的休想！她是能干的，无论田间还是厨下。此种地方喜感人物，自然喜欢喝酒，红白喜事时酒桌上，跟男人划拳猜宝打杠子。没留神碰倒酒杯，桌子不平，酒便往低处蚯蚓般渗流——风骚女人的嘴巴赶紧承接于桌沿上，薄薄的唇努成一朵牵牛花，一喝一吸溜，发出一小串奇妙悦耳的、节奏轻快的声音——实在找不出确切的汉字来形容这个声音——但见那条细小的酒河奔进了她的口，桌面的酒痕瞬间蒸发无影了……方才的几声鸟叫，那是夜莺的歌唱，一如风骚女人的喝酒声，让我心生好笑，一切害怕顷刻间不知了去向。

沿着河流往下游走，河流不断地接纳小河流，水声就越来越大了，像是很多人开会，争抢着发言。由于地势平缓，这些发言声显得不急不躁，亲切和蔼。过河时，石磨大的列石铺过河床，棍子先去敲一声，随之跨过去。列石之间水流粗、急，声音也大，像是给我说话：小伙子，大胆走，没啥可怕的！

　　子时过了丑时来，到了寅时，感觉渗凉了，便从包里取出衣服，套上身。这时发觉天要亮的样子，因为景物分明清晰了许多。一抬头，不是天要亮，而是云层篷顶的天空忽然开了一个很大的洞，星星们暴露出来，如一捧捧淡淡约约的银粉洒落下来。想起前年经过这里时，看见一个大辫子姑娘河边洗衣服，扬起棒槌啪啪捶衣。怎样的地方，生出这么好看的姑娘呢？原来是河流弯曲有致，河水清明泛绿，四面的山形花草也是分外的悦目喜人，可惜现在看不清，只是一些模模糊糊的廓影。

　　当东山显出一痕浅浅的白，便知道天要亮了，太阳快出来了，县城也不远了。又过了十几分钟，便看见草木挂满了露珠。在快要踏上公路时，一家门吱呀响了，男人出来使劲吐口痰，然后折回去，担了一担水桶出来。

这是1975年的夏季，我十七岁时的一次夜行。我父亲在一个镇上教书，他跟当地领导关系好，要我去当代理教师。担心被生产队阻拦，母亲让我夜里偷着走，生产队的事由她周旋、解释。

二十年后我去香港，从酒店的高楼里看窗外，世间竟有如此的灯火灿烂，简直神话得不可思议！当时就想起少年时的那次夜行，不通车，没有电，纯粹是黑夜。然而与不夜城对比，还是黑夜里独自行走在秦岭深处更令人惊叹，天地间唯我一人，那奇妙的声音，那异样的气味，那刺激灵魂扩张奔流的河山能量，生生不息，动人心魄，如同读了半部天书，是大白天里永远也看不到的，永远也感受不到的。

（2020年）

史官自我

　　不时听领导朋友说这事交给秘书办好了，心里便有些羡慕。可是又一想，这作文写字是个手艺活儿，一切必须亲自来，要秘书无用。况且也雇不起秘书。高尔基郭沫若之辈，确有秘书，只是那种高端玩法，指标极少，竖子不可幻想。

　　圣人是述而不作的。吾辈俗人，经常自恋，以为自己随口冒出的东西，不记载下来，便有负于人类文化之积累。虽然你写与不写、说与不说、记与不记，黎民百姓照样劳动吃喝睡觉做爱。没有秘书，没有贴身书记员，怎么办? 好办，手勤点，自己史官自己，省事。

这一通闲话，源自今天读了某君谈枕边书的文章，忽然就此，得出一联来，以为有必要"史官入典"。联语如下：

廊下置琴，不弹依旧腐朽木

枕边压卷，未读如同他人妻

联语是汉语言的一种特别修辞，庙堂与坊间皆有用场。新世纪以来，洒家嗜好毛笔写作，蒙骗得读者以为我是书法家，不时登门求字。写什么呢？写海纳百川真水无香？那也太丢人了。不如自创内容。好比刷墙，刷子是自己的，所刷石灰也是自己的，刷起来就得心应手哦。

书法作品一般不用标点符号，因此最好抄写旧体诗。联语呢，或者说对联，断句只在明显处，书法出来误读概率小。莎士比亚剧本台词，鲁迅杂文，就不大适合书法表现。

互联网时代，玩微信者数十亿。吃货比重大，常晒美食图。食色本是一体事，皆是大欲存焉。然晒食无碍，晒色犯忌。实则过于香艳的美食，照样暗寓色引诱。

就吃而言，史上最好莫过当下吧！稻米流脂粟米白，公私仓廪俱丰实——杜甫写开元盛世的句子，如同当下。只是如今的城市化，损毁了乡村与乡愁，好光景配套了精神上的失落。于是我写了一联，安己慰人：

　　常吃即好饭
　　久住是家乡

联语是最精炼的诗，要求格律平仄，依照前人规范的平水韵。掌握这个也不难，死记便是。但我懒得下此功夫，只以现代汉语四声为基准，即前二声为平，后二声为仄。因此我的联语，在旧体诗行家眼里，难免违律与出韵。顾不了那多，保留瑕疵供人挑剔，亦格局大丈夫也。

某次汉江边一矮山上，落日烟霞，奔丽流芳，即兴一联：

　　霞飞神女过
　　云落古贤来

156

说到风景题联逸闻，追补一则。汉江之南的山，叫巴山，归类广义的楚山。游览秦楚分界处，见一在建牌坊，气势宏阔。陪同者除了县长，余皆文士。有人起哄说：这题联的事正是等候方老呀！

县长也发话让我题联，我说恭敬不如从命，请容我返回西安后，慢慢想出内容，认真写了快递来。大家说好。

回来就想内容，想了好几天才冒出来：

朝云犹挂秦地月

暮雨轻飞楚山风

朝秦暮楚，地理古今，贴切是吧？自鸣得意了大半夜。接着书写。不着急，务必保证产品质量。每天写一张，次日再写一张。两张对比，差的空白处，临帖练字。第二天早起，如是再操作。一礼拜后，终于写成满意了，当即给地方文友快递过去。

三天后文友才回短信，说那县长升迁外县当书记了，新任县长另请书协主席写了，内容是……不引录了吧，总归里面有"大美"二字。

白忙活一场!

人一过四十,死亡二字就时常闪出脑际,当然有点沮丧。想的次数多了,也就麻痹了,无所谓了。死亡是个定数,是命。视死如归,最是通脱。该吃吃,该睡睡,于是又得一联:

睡去即作古

醒来又重生

有位哥们经济不给力,却喜设饭局,平时总是暗邀一些老板买单。那哥们设了很多饭局,欠了很多人情,自愧,内疚,汗颜。于是他想出一个还情妙法:饭局甲买单时,他邀乙到场吃;丙做东时,他带丁来喝……久之,就养成一个习惯,但凡朋友邀他饭局,他必定带人,少则一二,多则三五。想想看,朋友是烂熟的,座位是既定的,平添几张陌生面孔,大家食欲锐减,皆感别扭。于是再发信邀他时,必缀四个炸弹字:不准带人!

有感于斯文扫地，顷有一联：

无水帆何用

有佛山自尊

联语这一文学形式，实为东方阴阳哲学，内涵乾坤日月。简言之，任一汉字，任一语句，皆存在对称对应的一面。有些所谓孤联，即只有上联或者只有下联，始终无人应对另一半。无人应对并非不存在，而是尚未遇见更聪明的人。

联语既有高雅玄奥的一面，又有低俗大众的一面。如果你想对，一切皆可对，放飞想象只管对。比如老百姓有这么一句话，一句俗语吧：富贵险中求。求字，平声，若作联语，只能作个下联。那么上联在哪呢？上联又是什么呢？这么讲吧，上联有无数，如同一家养女百家问，种种结果都可能。

我想出一句上联，合成为：

平安田里种

富贵险中求

　　天天写毛笔字，原创了不少联语。至于优劣，无法自估。此文引用如上六联（最后一联下联非原创，不算），旨在史官自我，以证产权。

（2020年）

补课复兴（外二章）

人一旦有点岁数，逢年过节时，便有朋友，或晚辈族人亲戚，送来食物及烟酒茶类。却之不恭，受之有愧。如今产能过剩，可谓想啥有啥。有时却显得累赘了。比如今天已是新春元宵节，整理四处堆放的纸箱，发现一盒未拆封的去年中秋收到的月饼！纵有霉点，亦不该扔掉。剔除剜净，蒸锅杀毒，佐茶食之。也算不上什么美德，只因饥饿年代长大，惜食罢了。

胡乱翻开《昭明文选》，恰是张平子的短文《归田赋》。诵之如饴，真叫好文！"于是仲春令月，时和气清；原隰郁茂，百草滋荣。"忍不住文抄之。想把文章写好，若真有什么秘诀的话，见到佳文美句就动手抄录下来，以强化记忆、充盈语库，聊作秘诀之一。

令，善美的意思。最美莫过二月，所以说"令月"。令尊，您品德高尚的父亲；令媛，您漂亮可爱的女儿。古人着实礼仪风雅。

张平子就是张衡，东汉时期的大科学家大文学家，是西方学界眼里的古中国很牛的几个名人之一。而《昭明文选》的编者萧统，梁武帝长子，二十一岁时受册太子。是个文学天才，审美眼头极高，将史上一千多年的杰出诗文选编一书。文学天才唯觉文学最美，最人文，就没多大兴致，也分不出多大精力去经营政治了。不难想象，其在接班人位置上的日子，过得不可能畅快。抑郁难免，三十岁就死了。死后二十年，被追尊为昭明皇帝。此履历少人提及，终究一个分裂时代的南方割据小国的破事。

萧统死后八十多年，大唐灿烂天下，自然需要匹配的文采飞扬。文采飞扬需要天资，更依赖勤学激发。李白能将《昭明文选》倒背如流，便是最好说明。宋元明清的士子们，诗人作家们，也都视该书为首选"作文教辅"。

我虽号称中文系四年科班出身，实则读古文不多。中国文学史及古典文学，自是主修课，老师学问也大，却因课时所限，一如导游捏着麦克风，带领观光客看景点，蜻蜓点水，经不住光照的。

况且彼时，改革开放初期，一切感觉唯洋东西好。若干年后，某次记者采访我读书问题时，我回答过这么一句话：我三十五岁前不读中国书。如今反思，那是偏激理解了鲁迅的话。当然我也说得口满，仅是一种修辞，跟风也是常事。比如一听谁获了诺奖，就去书店买回来。

行笔至此，抬眼书架，便看见马尔克斯的《百年孤独》，凯尔泰斯的《英国旗》，帕慕克的《白色城堡》，库切的《耻》，略萨的《坏女孩的恶作剧》（其中性描写挺恶心）等，也都认真地读，尽管不时硬着头皮，完全没有大学时读外国小说的那种惊喜与叹服。我想可能一是过了激素燃烧急需小说泻火的年龄，二是翻译语言缺乏美感吸引力，看不出"才华横溢"来。甚至文法上，也时见欠通。

如今退休，虽依旧难免生活琐事干扰，但自由读书的时间，总算增加了不少。主读古文诗词，享受汉语言珠玑凝练、阴阳和谐之音乐美。弥补青年时代阅读缺失，亡羊补牢吧。置于民族复兴大时代里，当顺应潮流呢。复兴内容很多，什么内容值得复兴，是个复杂的选择题，当请智者研判回答。但有一点可以肯定，多读古书是途径之一；野外考古又是"之一"，欧洲文艺复兴便有很好的借鉴意义。

电视里说这几年，中国又有一亿人摆脱了贫困，实是天大喜事！扳指头自算，每天养老金二百多，加上此文稿费，来上三两个朋友，也可下馆子点个硬菜了。若要美酒助兴，还得再写个长文章发表。所以不能只读不写，述而不作。

读曹植一封信

旧小说里形容某人才貌双全，爱用一句套话：潘安之貌，子建之才。子建即曹植，少年封侯，官二代嘛，意气风发，文采巨丽。晨读他的《与吴季重书》，叹服其人之天才，极善铺张炫耀。信里回味宴饮时，有这样的状写：

过屠门而大嚼，虽不得肉，贵且快意。当斯之
时，愿举泰山以为肉，倾东海以为酒，伐云梦之竹
以为笛，斩泗滨之梓以为筝，食若填巨壑，饮若灌
漏卮，其乐固难量，岂非大丈夫之乐哉！

得到一个乐器知识，梓，这种落叶乔木，是制作筝的
好材料。

此信札开篇"植白"二字，结尾时说他正忙于接待贵
宾，乃即兴口授，秘书记录的。最后又"曹植白"三字。

古人写信如此格式，挺好，抬头即自报家门，等于递
上名片，以便收信人决定马上看，还是随后闲了再看。新
文化运动后，写信人名字落在最后，接信人就首先翻看信
屁股，以知亲疏，轻重缓急，反倒麻烦了。如今手机时代
无须写信，不提也罢。

季重是其字，名质，亦是文学家，时任朝歌县令。接
读曹植信，自然要恭敬认真回信的：汇报工作，交流文
事，为表仰慕，不惜笔墨将曹植来信里的隽永词句，以自
己的语气再现一遍。末了说：

还治讽采所著，观者英玮，实赋颂之宗，作

者之师也。

　　讽，背诵意，不是讽刺，是说文章太好，看一遍不用

看第二遍，即可吟诵出来。

　　吴质如此夸赞曹植为"赋颂之宗"，是因曹植来信表

扬了自己，按套路你得礼尚往来。其实也不算吹捧，说的

实情话，后世的确公认曹植在赋颂体上出类拔萃。赋颂体

多用于命题作文，场面或曰主流需要，最是要求作者有眼

色、有捷才。

　　曹植文学史地位远不及乃父曹操。毕竟阅历所限，繁

华词采难垒生命高度。至于文学手法上，他也坦言承袭了

先秦宋玉，其《洛神赋》中"感宋玉对楚王神女之事"

句，便是明证。当然，他也许是自谦，或者顾忌时政环

境，而使的某种障眼法。

李白挪用

　　李白善击剑，其《侠客行》中有这么四句，很牛：

"十步杀一人，千里不留行。事了拂衣去，深藏身与名。"赞美古代侠客呢。也有专家说，这是作者以暗示笔法，吹嘘自己是杀过人的。

今读庄子《说剑》，始知诗仙挪用了两句。

赵文王喜欢剑术，养了剑士三千，天天搏杀，天天死人。太子悝深感国之不祥，遂请庄子前来劝谏。庄子扮作剑客，前往曰："臣之剑十步一人，千里不留行。"意思是十步杀一人，杀一千里路，脚步都不用停下来。显然有点吹大话。不过，以庄子的能耐推断，他的剑艺想来也是很高超的，毕竟是神人嘛。

庄子说剑分三类：天子之剑，诸侯之剑，平民之剑，并形象解释三种剑的不同用法，终于劝谏成功。

又读庄子《渔父》，写一个打鱼老汉教导孔子。夫子恭敬倾听，心悦诚服，不妨看成是泥腿子教育知识分子的最早案例。

庄子是哲学家思想家，语言表现诡异神妙、绚丽灿烂，极具文学色彩。庄子更是第一流的戏剧家，无所顾忌地将前代圣贤拉进他的作品里，按他的意思提落摇摆，表演皮影戏，将圣贤们的自相矛盾、迂腐可笑处，一股脑儿暴露出来——好玩！

一部《庄子》，当作非凡的小说读，最好。况且"小说"一词，原本就首创于他的《外物》篇。

（2021年）

请坐

屁股这个词比较俗，雅士淑女常态情况下，是不使用的。当然医生除外。在医生眼里，人体各部位、各器官，是一样的重要与平等，不能划分尊卑与美丑的。来了一个重要人物，亦即一个颇有地位的人物，我们必须折腰恭迎，请他上座。敬畏他这个人，通常先从敬重他的屁股开始。

一个人在某个好地方，一个被很多人羡慕向往的地方，比较重要抑或相当重要的地方，有一把供他屁股就座的椅子，这便是"地位"一词的要义所在。由此可见所谓脸色，所谓颜面，所谓尊严，一概由屁股提供。

多年前与一位画家泡温泉，我一直察看四周的景色，发觉冬季依然有色可赏。只是与春夏比较起来，冬之"色"比重上有所不同，却有极强的反差，因而愈显其"色"重一点。让我奇怪的是，画家却不看景色，只盯住池子里的人看。池中一概大众肉，既没有主播，也没有车模，该鼓的凹，该细处粗，该长的短，该白的地方黑不溜秋，有什么看头？心想这画家也就这回事，我虽然不懂画，却从画家的行为上知晓了他的画作不过尔尔。

其实我冤枉了画家，原来他是画人物的，不是画山水的！他更有一番卓见让我脑洞大开。他说你知道漂亮的人脸为什么稀少吗？因为大多数人的生活都不如意，因此不可能有好的"脸色"。加之人这张脸，老是受委屈，分明心里不爽，却要常常谄媚表演，努力奉笑博取他人高兴，要给人一个你很幸福的样子。脸是如此受折磨，想让脸好看实在是为难脸啊！屁股就没这负担，反正没人看，也就没有虚荣心，淡泊名利、四季隐居，所以屁股是人体最白最嫩的部位。

原来脸与屁股还有这么一层关系，我过去怎么没想到呢？看来必须加强学习，时时学习。每一个人都是一本书，与之交往，都值得一个"读"字。

我是一个所谓的作家，经常坐着，因此我对我的屁股是比较自珍自爱的，别人不可随便摸的。不过孙子除外。孙子躁了，打爷屁股呢！

我的屁股也是我的性格的延伸，相当恋旧。二十年前有了书房采南台，采购家具时，家人给我选了好几款高靠背软皮椅，被我一概否决掉。也不尽是怕花钱，而是我觉得屁股不能太舒服，太舒服了脑袋就同步贪图安逸，脑细胞就不大活跃了。这看法在理否？来不及请教专家，也就直感，想当然。

我看中了一把矮靠背椅子，人造革包着，扶手与四条腿外露着栗子色实木，不占地方。以手拍之，其音硬朗，就一百二十元买回来。坐在这把椅子上，写了我的第二部长篇小说《后花园》，及若干小作品与杂碎文字。方韵见椅子扶手磨光了，坐垫也如一颗土豆从山坡上滚下来，皮裂肤翻，就给老子扛回一个老板椅。我说尽孝是该表扬的，但是事先不沟通就可能适得其反——谁买的谁坐去！

五六年过去，忽然生出拿毛笔写一部长篇小说的念头。于是草稿三年，修订两载，即成《群山绝响》。出版不到半年时间，印了三次；读者与专家论文，字数很快超过小说文本了。

在写作与修订的五年里，内子每次洗衣服时，都要唠叨我"尻子长牙了"，每条裤子都磨破了，"一条裤子好几百呢！"要我检查椅子，就来回抚摸了几遍，没啥问题嘛。沉溺写作，顾不上细查。

可是近来，连续磨烂了三条裤子，经济损失惨重，不得不"引起有关部门高度重视"。"你细查，全在右尻蛋上！"这就怪了，就撕开已经磨烂的坐垫，揭起海绵，发现一个螺帽，看来正是它捣的鬼！找来钳子，三两下拆卸掉，也不管日后能否继续坐用。

这枚螺帽位置在正中间，怎么偏偏磨损了右屁股呢？思忖良久，恍然明白，原来写作进入浑忘状态时，我是侧坐姿势，即左瓣屁股半边悬空，或者说左屁股必须紧挨着左扶手——如此，右瓣屁股正好压住螺帽。人有个性与怪癖，没想到人的器官也自然而然地各有其个性与怪癖，只是平常不注意罢了。稍微琢磨一下也再简单不过，人的个性或曰怪癖，不都是由不同的器官去实施的么！

人，作为一种精神，必须附丽于身体。而身体，多数情况下，竟是一个独立存在，就是说身体与你的想法并不总是合拍。你手头事再忙，身体要吃喝，你奈何得了它？身体不想继续效命于你，想长眠不起，你有什么办法？你能把所有存折都给它让它不要长眠？得了吧，还是乖乖地服软顺从了吧。

所以身体能让你坐着，就已经是无与伦比的美好了。

然而有时，身体又不能坐下。我记得母亲常说一句话：站客难打发。这话也没啥哲理，母亲自己可能都意识不到她经常说此话。每次一来人，母亲总是急忙端来凳子"请坐"。来人笑眯眯坐下，拉几句家常，起身走人，因为忙，是来借个凿子筛子什么的用用。那时的乡下就这样，你家有的我家没有，我家有的你家没有，相互借光才能过光景。

而有时来个人，笑迎进门，递上凳子"请坐"，同时找杯子给来人倒水。可是那人不坐，请坐几次也不坐。只见他脸色拘谨，尴尬，欲言又止，双手搓着，仿佛那双手很多余，很碍事。母亲没有办法，只好陪站着与他说话，主客两方都别扭，都有几分紧张，不知道要发生什么大事，或者已经发生了什么大事。

"表婶，我想问你借五毛钱……我娘病得快不行了，想吃红糖水泡麻花……"

人在困窘时，求人时，是不配享受"请坐"这一隆重礼遇的，也压根不曾幻想、奢望过自己的屁股能有个"地位"。

（2021年）

雨夜青木川

今年雨水奇多，估计超过已往的十年降雨之和。秦岭以北向来缺水，眼下却河河泛滥。陕南就更不要说了。汉江及汉江之西的嘉陵江、之东的丹江，也都浩浩荡荡，流量大过常态下的长江主流。

过去老以为陕南就汉江及汉江最大支流丹江，及至去了略阳县，始知经过陕南的还有一条嘉陵江。日前去宁强县，再过嘉陵江去青木川，印象又深了几分。

青木川是一个很有名的古镇，被文学写过，被电视连续剧拍过，不必细说了。有名的地方，太有名的地方，比如桂林、阆中，比如卢浮宫、曼哈顿，我是没兴趣写的。

我以为凡是"度娘"能告诉的，就不必写。写作又称创作，等于无中生有。世界既有了，写则废话，则垃圾。

亲临青木川，才知位于嘉陵江西岸的丛山深处。瓦房石街，曲蜿有致，木板推拉门的酒家店铺一家挨一家。红醪白酿，山珍奇味，不可胜数。招牌幌子五颜六色，其一幌字曰：鸡鸣闻三省。意思是公鸡一声叫，陕西、四川、甘肃三个省都听见了。固然形象，却不新鲜。中国太大了，三省共闻同一鸡叫的地方，多了去。似应想个新词儿。开坛三省醉，狗叫十里闻，如何？

青木川的大烟馆、荣盛魁（妓院）旧址，早成了必看景点，我好像在别的古镇上未见过。以上两个看点，证明此镇曾是何等的商贸繁盛、官匪云集。晚清民国时，天下大乱，各地便冒出霸王型人物，号称自治，实为胡闹。于是官成了合法匪，匪成了非法官，自然少不得血腥与仁义、泼皮与侠客纠缠恩怨的故事。略去。

住了一夜，似可记点感觉。拖拉文字，多骗点稿费不算违法。

下榻处是一个古宅，大木接云，高基深廊，颇有点康乾盛世之遗风。当然时间要晚后些。四方的天井院子很大，不像江浙一带的院子过于约束。

主人安排我住正厅左房，门上挂一把铜锁。床、窗、几、案、凳、柜，一概原木打制。色气上颇有些年头，却也闻不见丝毫的霉腐味。卫生间倒是现代的。冲个热水澡，溜进被窝，洁白温软。刷手机，没多大意思，何况网上新闻总要费脑筋研判真与假。

出门总是收获一码书，下床打开行李箱，全部取出来。先挑几本薄的吧。翻了翻，感觉氛围不对。许是天气的缘故。

原本雨夜最适宜读书的，只是这雨太大，声太响。檐流成瀑，如有几十头母牛撒尿。后来又滚起雷声，忽而沉闷，忽而钢器相击，忽而碾子滚坡……不由得乱想起某些遥远的、互不粘连的往事碎片……我是谁？因何到了这里？得了吧，傻瓜才追问终极人生呢！

又翻了几个身，依然不能入睡，莫非床有问题？这床也实在宽阔得没个道理，足可睡三条汉子相互不挨。照说一个人也能睡的——呵呵，一个人也能睡？这句话不错呀，韵味呀，是个好题目！

于是琢磨这个题目如何写成文章。想出一个角度，排除了。又想出一个角度，又排除掉。写作就是排除法，与读者掰手腕呢。凡读者也能想到的，最好避开别写……在一串串西瓜乱滚般的雷雨声中，入睡了。

（2010年）

读《红楼梦》前三回

如今出书很繁荣，仅我就平均每周收到三五本。据说仅是长篇小说这一项，每年就要出版三五千部。于是我就不时收到长篇馈赠，经常是上下卷，甚至三四卷的，厚如砖头。如此大的量，理论上讲，其中应有杰作吧。那得通读比较，却是不可能的。尚未经过大众与光阴验证的新书，阅读起来就可能浪费时间。不如敬畏一眼，暂且束之高阁。

那么读什么呢？还是读经典稳妥些，比如《红楼梦》。今天早起读了第一回，用了半小时，与少时读的感觉大为不同。

由于我也稀里糊涂地混成一个作家，一个小作家，小巫读大巫，感悟就有别于红学家了。小厨评大厨，应该是与食客评大厨不一样的。

第一回

第一回标题是：甄士隐梦幻识通灵，贾雨村风尘怀闺秀。

标题虽是两个主要人物，文本里却出现了十好几个人名字。曹雪芹给人物取名，或寓意或借代，或反讽或有禅意。若是名字没取好，本是他自己不满意，却借人物之口相互调侃。也喜欢谐音取名。

甄士隐的家仆，元宵节带上甄的独生小女英莲看花灯。因要小解，将英莲放在一家门槛上。小解出来，娃不见了！找了半夜不见影儿，吓得一逃了之。这个家仆叫什么名字？叫霍启，谐音"祸起"是吧。霍启后来出现没？想不起了，往后读时留个心。

总归霍启以后出现了正常，反正已露了脸、伏了笔；不出现呢更正常。如果每出现一个人名，都要求作者将此人写进棺材里，那就任务太重、太分心了，没法写小说了。

总之这位霍启先生，他完成了闯祸任务，使命就结束了。如同戏剧舞台上的匪兵甲、群众乙、衙役丙、路人丁，一次性餐巾纸而已。

甄士隐的任务是炎夏做个白日梦，梦见一僧一道对话，说的是赤霞宫神瑛侍者（贾宝玉）和绛珠草（林黛玉）的最初因缘，等于借人物梦境预告《红楼梦》里，贾宝玉是男一号，林黛玉是女一号。甄士隐的第二大任务是资助独身穷儒贾雨村白银五十两、冬衣两套——炎夏送冬衣，长线投资噢——供贾谋取功名"雄飞高举"。

炎夏梦境"赤霞宫"，环境物理因素刺激而成，可信度大。若梦里是个什么"紫霜殿"，就不大合理了——写小说唯在此等细节上见真章，堪称硬核功夫。没有这个本事，最好别写小说。

第一回里传播最广的是《好了歌》，好便是了，了便是好。此歌解构了人生的所谓意义，一切皆是虚妄。我觉得此处，作者需要，或曰需要作者借用庄子《齐物论》思想：成与败、有与无，荣与辱、生与死，根本看来没有区别，因此不必斤斤计较。

好便是了，了便是好，彻头彻尾的唯物主义——生命的终极是死亡，人死如灯灭，一切全没了，实在也没啥好说了。

作为写作同道，我觉得这第一回里的，下面这段话尤为重要，即石头（贾宝玉）回答空空道人的话：

"……历来野史，或讪谤君相，或贬人妻女，奸淫凶恶，不可胜数。更有一种风月笔墨，坏人子弟，又不可胜数。至若佳人才子等书，则又千部共出一套，且其中终不能不涉于淫滥，以致满纸潘安、子建、西子、文君，不过作者要写出自己的那两首情诗艳赋来，故假拟出男女二人名姓，又必旁出一小人其间拨乱，亦如剧中之小丑然……竟不如我半世亲睹亲闻的这几个女子，虽不敢说强似前代书中所有之人，但事迹原委，亦可以消愁破闷；也有几首歪诗熟话，可以喷饭供酒。至若离合悲欢，兴衰际遇，则又追踪蹑迹，不敢稍加穿凿，徒为供人之目而反失其真传者……"

这可以看作是曹雪芹的文学观，或曰文学批评观。曹老博古通今，更是分外了解同代文坛——所以他要一概回避之，要写出开天辟地的杰作来。"虽不敢说强似前代书中所有之人"，谦辞里含着目标与自信，事实上他确实达到了！小说里有名有姓的人物四百五十个左右吧？若再加上正涉旁及的历史人物名字，统计出来就是个很大的数字了。其中的十几个核心人物，无论看没看过《红楼梦》，都被大众经常拎出来比人说事。

行文至此，我这就百度测试一下。秦始皇、汉武帝，相关内容皆过亿了；一搜贾宝玉，此蠢物竟也过亿了！虚构的小说人物，名声竟与伟大的帝王并驾齐驱，这是何等的天才创造啊！

这一功勋之建立，除了种种才华际遇外，根本因素是"我半世亲睹亲闻的这几个女子"，作者意在告诉读者，这部作品是取材真实生活的，所谓现实主义的作品。"亲睹亲闻"而没说"亲历"，无非提醒读者不可笼统地将此作看成是作者的自传。自传，再大的人物自传，与广阔的人生比起来，也终究难免格局小了点。

同时要注意"几个女子"四个字，这是作者最看重的，也是最反传统文学的文眼字。从客观存在层面讲，女子无论德行还是仪容，都胜过男子。但是传统男权社会与文学观念不这么认为，所以曹雪芹要还生命之最美以真相。

至于"消愁破闷"，一如本文开头所言，著书立说不过是：无聊人写，无聊人读。

以写作同行之同样体悟来推测，这《红楼梦》第一回，如同学术著作之导语，充满了关键词。简言之，是整部作品的序言担当，纲领性极强。而且基本可以肯定，第一回是边写边改的。

理论总是滞后于生活，不可能先验于存在。曹雪芹写到动人处，顿悟生命原来还有如此况味——于是回笔修订第一回，以完善"序言"。这如同建筑房子，心中先描个草图，开工时先随便搭建一个门楼，等于序言。竣工后反观门楼，觉得与主体建筑不那么和谐。于是修补改造，甚或推倒了完全新建——

《红楼梦》是一部未完稿，那么这第一回，也自然是草稿版。如果曹雪芹写完了《红楼梦》，那么我们看到的这个第一回，就肯定不全是如此品貌啦。

第二回

此回标题：贾夫人仙逝扬州城，冷子兴演说荣国府。

先来一段文抄公，不费脑子，顺带练习毛笔字：

"……今如海年已四十，只有一个三岁之子，偏又于去岁死了。虽有几房姬妾，奈他命中无子，亦无可如何之事。今只有嫡妻贾氏，生得一女，乳名黛玉，年方五岁。夫妻无子，故爱如珍宝，且又见他聪明清秀，便也欲使他读书识得几个字，不过假充养子之意，聊解膝下荒凉之叹……"

这段话交代得有点模糊。林如海多大岁数？写明了四十岁。三十九岁丧子是吧？那么如今黛玉五岁了，大家算算看，他究竟是四十岁前，还是四十岁后生的黛玉？我觉得似应再交代一句，或半句。

根据"命中无子"四个字，四十岁前可能已经生了黛玉，因重男轻女思想，不把女儿当"子"算的。不扯皮这个了。

那时人称代词里不分性别，一概用"他"。五四运动天翻地覆，诗人刘半农写了一首《教我如何不想她》，这是汉字史上第一次出现"她"字。此诗后被语言学家赵元任谱成曲子，一时传唱天下成了经典——只这一诗、一字、一曲之发明创造，便无愧天才人物。

文抄之另一原因是，林黛玉首次出场，理应特别待遇。

贾雨村并未出现在标题里，却还得把这货说两句。这货也算是腹有诗书、心怀大志了，但有一个细节证明他做人不地道。甄士隐馈赠他厚重钱物，助他科考谋官；紧接着又写了推介信派人送去，以供他去"神都"（京城）结交要员、开辟仕途——但这货性急，未及面辞就早早地奔前程去了！想想看，即便文盲村夫，也不致如此疏忽贵人吧！

贾雨村后来虽然做了知府，只因人格缺陷，贪污受贿呀，自负而轻慢上司呀，就被同僚参掉了乌纱。贪腐钱财未追缴，他便有条件将家小送回原籍安顿，自个两袖一甩，浪游天下去了。这一点倒有点太白遗风。遗憾他经济上不及李白，所以得谋饭吃，于是被"两个旧友"推荐到林如海府上当家教。

贾雨村家教了一年，黛玉六岁时，其母病逝了。曹雪芹称黛玉母亲为"贾夫人"，我觉得蹊跷，应叫"林夫人"是吧？即使到了民国，一说孙夫人，众人皆知说的宋庆龄；就是说到如今的香港特首林郑月娥，也都明白那是她冠了夫姓林于名字前的——曹老师怎么称黛玉娘"贾夫人"呢？可能他觉得贾势大于林势，跟着走好了——况且人家原本就姓贾！

细想也只能那么称谓，宁荣二府里的男人都不止一个婆娘，只好统一称娘家姓，以便区分。

林黛玉母亲叫什么名字呢？贾雨村身为家庭教师开初也不知道，当然也没必要打探。是冷子兴告诉他黛玉娘叫贾敏的——贾雨村这才恍然大悟：难怪黛玉把"敏"字读作"密"音，"写字遇着'敏'字，又减一二笔"！

这一细节传达了数层意味。一是黛玉幼小失母，何等思念与痛苦！二是黛玉如此早慧，那么小的年纪便明白了敬畏与避讳：在国，要避君王名讳；在家，要避长辈，尤其避父母名讳。

于是带出一个小质疑。黛玉写"敏"字少一两笔，错字是不？贾雨村为何不指出、不问原因？贾雨村没说，作品里也没说。这意味着贾雨村作为家庭教师是不称职的，混饭而已。

知道黛玉母亲叫贾敏有什么用处？没用处。或许仅可谈资于酒桌上。设若恰好有红学家在座，你请教他或她黛玉母亲叫什么名字，对方未必能立马答出——这不就显得专家也有短板、俺闲人反倒有点冷学问嘛。

这第二回重心在冷子兴演说荣国府。贾雨村某日闲步郊外，欲进农家乐独自吃他几杯闷酒，却意外碰见在京城工作时的熟人冷子兴。冷是个什么鸟人？"都中在古董行中贸易的"，交游于官宦富翁之间——唯官宦富翁才有闲钱玩古董么——所以见博闻广，自是神聊主儿。"老先生你贵同宗家，出了一件小小的异事，"开篇卖个关子。其实贾雨村尚未攀上贾府，此只为以后攀附上埋个伏笔。

冷子兴介绍宁荣二府，就是一母所生的两兄弟衍生出来的两家贵族府邸。这可看成是曹雪芹通过外人讲述的方式，简报二府，尤其是荣府，给读者发个导游图。贾府的主要人物也都具名显现了，其婚配上大抵是亲上套亲。

读者需记住两点：宁府是老大，如今主事者是贾珍；荣府是老二，主事者是贾政。贾珍与贾宝玉为平辈兄弟，只因贾珍是长房，繁衍早，所以他儿子贾蓉，还比贾宝玉年长好多岁呢。

冷子兴要讲的"小小的异事"是什么呢？是贾宝玉出生时嘴里衔块"五彩晶莹的玉"，抓周时只抓脂粉钗环，及至七八岁时说出了名言："女儿是水作的骨肉，男人是泥作的骨肉。我见了女儿，我便清爽；见了男子，便觉浊臭逼人。"

这些话是真实取材于生活呢，还是虚构？不知道、不可考。也无考究之必要。总归作家有这个权利，爱咋咋。贾宝玉这怪癖是孤例吗？为防给读者以瞎杜撰印象，曹雪芹紧接着让贾雨村道其亲身见识，说金陵甄府里也有一个学生，淘气顽劣，读书时必须两个女儿陪着才认得字；挨打时嘴里乱喊"姐姐""妹妹"——感觉就不疼了。异性相吸本是天然，只因贵族子女饮食好，激素发育自然提早，小小年纪就表现出来了，以旁证这种现象比较普遍。问题是过去的作家发现与否？写过与否？这便是曹雪芹的厉害处。

冷子兴演说到最后，说贾赦儿子贾琏"自娶了他令夫人之后，倒上下无一人不称颂他夫人的"，"模样又极标致，言谈又爽利，心机又极深细，竟是个男人万不及一的"——什么名字？作者暂且掖着。什么时候说出真名字，是有讲究的。这是王熙凤首次匿名出场。

请注意冷子兴"他令夫人"之用语。"令"字用于当面示敬对方亲属，如令尊令堂，令郎令媛等。曹雪芹只这一字精心使用，便把冷子兴这位好装风雅的古董商的无知相活画出来了。

曹雪芹擅写衣食，却省略了冷子兴的穿着。也许他不愿浪费笔墨，那我这厢就替曹公狗尾几句，玩儿一把。想那冷老兄，大约留着胡须，穿的是前朝旧派衣服，戴的是玳瑁扳指，以及手串什么的。至于褡裢两头，想来也是璎珞流苏的垂摆着，方显其古董商的身份。

第三回

《红楼梦》第三回以林黛玉眼睛写荣国府院子之奢华、建筑之工巧、仆役之众多、礼仪之讲究。此种写法放在现在就不适应了。现代人性急，喜剧要两分钟能逗笑一次；悲剧若是五分钟不能哽咽落泪，就算失败之作，没了收视率。《红楼梦》是古典慢生活艺术，真有品读耐心的，不多。

需要注明一下，我读的这个版本，是岳麓书社1987年4月第1版、1995年7月第20次印刷本。《红楼梦》版本太多，相互之间皆有细微差异。不交代这个，读者可能质疑我的引文"不准确"——版本不一样噢。

这个岳麓版前面有舒芜的一篇长序，我没有读。所有的红学专著与论文，我也基本没读过。读书如同逛风景，我不大喜欢看导游图及解说资料。我喜欢原生态，喜欢亲眼直感。

这第三回标题是：贾雨村夤缘复旧职，林黛玉抛父进京都。

标题遣词造句便有说头。夤，深谋，恭敬的意思。夤缘，借某种机缘攀附他人、获取私利。"抛父进京"的"抛"字选用，需要细品。抛与被抛，区别在于体量不同，因为轻的不可能抛掉重的。因此这里的"抛"，应该是林如海送别幼女林黛玉时的疼感，其潜台词是："好娃呀没办法呀，只好委屈你投奔姥姥吧！"

贾雨村又来了运气，官复原职，等于平反了。应是牵扯了某个要案之人被平反而捎带着平了反，小说里没有交代。正好呢，贾母派了男女仆人来接外孙女林黛玉，他便随船队进京了，自然而然地攀上了贾府。

林黛玉见接她的"这几个三等仆妇，吃穿用度，已是不凡了，何况今至其家"，所以提醒自个不可多言，免得授人讥笑。

林黛玉下船登岸，被几次换乘轿子，阵势如同朝廷命官出巡。终于见到姥姥，相拥着大哭一场。"今日远客才来"，贾母下令，姑娘们就不用上学了。注意"远客"之"客"字。

"不一时，只见三个奶嬷嬷并五六个丫鬟，簇拥着三个姊妹来了"——豪门富贵就是如此阵势，好不阔气，分外张扬。

黛玉生来孱弱，常年吃药，近来吃的是人参养荣丸。她告诉大家，说她三岁时，有个癞头和尚要化她出家，她父母未同意。癞头和尚说："既舍不得他，只怕他的病一生也不能好的了。若要好时，除非从此以后总不许见哭声；除父母之外，凡有外姓亲友之人，一概不见，方可平安了此一生。"

林黛玉在转述这段话时，由于阅历甚浅，是当作笑谈的，尚不知这话正是她后来悲剧的预报。

王熙凤出场时，作者不吝笔墨写她的奢华穿戴——难免俗气，好摆阔，暗示她有心机、无学识。见了林黛玉大夸"天下真有这样标致的人物"，其实最想说的是这句话："竟不象老祖宗的外孙女儿，竟是个嫡亲的孙女"——曲笔拍马，以博取贾府最权威人物欢心。

接着去拜见大舅贾赦，"早有众小厮们拉过一辆翠幄青绸车，邢夫人携了黛玉，坐在上面，众婆子们放下车帘，方命小厮们抬起"——当年中学生时读到此处，目光一扫而过。如今却留心回望，且要查字典才能认得这个"䌷"字，原来是丝绸之一种。

大舅暂不忍见黛玉，不想伤心落泪，遂去见二舅。

"原来王夫人时常居住宴息，亦不在这正室，只在这正室东边的三间耳房内"——什么意思？这可不是闲笔，暗示王夫人和贾政分居着呢。换句话说具体点儿，夫妻生活主动权在丈夫，丈夫想睡妻房便睡妻房、想幸妾室便幸妾室。

贾宝玉出场前，王夫人就给林黛玉打预防针，说宝玉是个"孽根祸胎"，"嘴里一时甜言蜜语，一时有天无日"。

到贾母处吃饭，贾母说"你是客"，要大家格外照顾。

该怎么搭话，林黛玉都要先腹稿一下；该坐哪处，也得仔细观察、研判一番，免得坐了不该坐的位置。

贾宝玉出场时，作者用了一大篇文字描绘其穿戴，花里胡哨，很是烦琐，以显其众星捧月之受宠地位，同时炫耀富贵。黛玉一见，"好生奇怪，倒象在那里见过一般"；贾母批评宝玉"外客未见，就脱了衣裳"，宝玉也同样笑道"这个妹妹我曾见过的"——回应开篇说的前生因缘。

贾宝玉问林黛玉可有玉，黛玉说那玉是一件罕物，岂能谁都有！宝玉就甩了玉，大闹一场。黛玉因此自责落泪。

林黛玉来时带了一个奶娘王嬷嬷，一个丫鬟叫雪雁。贾母又给配了一个奶娘一个丫鬟，外加四个教引嬷嬷，五六个洒扫房屋、往来使唤的丫头——如此一大堆老少奴仆，就业贡献很大是吧！

然而被众人服侍周全的林姑娘，心底并无幸福感。为何？贾母数次说林黛玉是"客"，本意是要大家特别关照，但是这个"客"字听进林黛玉耳朵里，反应上来的却是五味杂陈了——这不是我的家，我是客人、我寄人篱下呀！

（2021年）

195

独钓帝王

西安西侧的渭河边，立有一碑，上刻五个隶书字：太公垂钓处。环目一瞄，南边百步之距，群楼耸立；北边渭河大堤，正施工加固。碑的四周生满杂草，陪者及当地人说，别看不起眼，经常来人凭吊怀古呢。

我问：你们这里真的是姜太公钓鱼的地方？回答说：真的在宝鸡，但我们这里更真！为啥？宝鸡在渭河上游，我们这是渭河下游，下游鱼比上游鱼大，你想嘛，姜太公那脑子多贼，肯定选择这里钓大鱼！

这也蛮好。高山仰止的古贤，人人追慕。况且见贤思齐、进取向上，又是任何时代都大力倡导的。我说他在我这里他就在我这里，炎黄二帝陵呀衣冠冢呀，不是南北都有嘛。

　　既如此，我索性再提供一个待查史书以佐证的说辞。周武王凭了姜太公辅佐，灭了商朝，选择这沣河汇入渭河的沃美之地建都镐京。为嘉奖父辈大功臣姜尚，遂于郊外渭河边，专为其营建一个钓鱼处，供老汉颐养天年。

　　众人一听，齐声赞曰：妙！

　　其实也不必查什么典籍，根据我文章《历史以我说的为准》的理论，为证明姜太公确实在此钓过鱼，你尽可模拟古书语气，杜撰一堆话来，称这些话分别摘自《山海经》《华阳国志》《禹贡》之类，压根不必考虑时间是否错位，只要能"论证"姜太公钓鱼地确在此处，即达目的。上引古奥的书，吃瓜群众也没谁吃撑了去翻阅的，反正我就从没见过。至于少数迂腐学究看了生气，胆敢写文章批评，你们就胆敢付给他们润笔——绝佳广告哟好我的哥！

　　姜太公是大器晚成的经典案例。他拿直钩钓鱼，以此怪癖行为制造名声，将自己成功推销到周文王帐中。据说"天下者，天下人之天下也，非一人之天下也"之崇高理念，便是姜太公原创且践行一生的。这个就牛大了，于是被黎民百姓捧上神殿。

不难想象，真正以钓鱼为生者，乃是最底层贩夫走卒生态，惶惶清苦的，不可能悠然快乐的。然而一旦高位过，家财万贯后，于是临长流而垂钓；钓上鱼了又假作慈悲地放生掉，标准的神仙高士游戏。

因此，凡因钓鱼而成了名胜者，全是意不在钓鱼的。

最是横绝古今之钓鱼，当数唐人柳宗元诗中营造的非凡画面了：

千山鸟飞绝，万径人踪灭。

孤舟蓑笠翁，独钓寒江雪。

——天地间唯我一人，曲高和寡，自负极了。诗中的老汉究竟想钓什么呢？大约是钓江山社稷吧，恨不能为国效力吧。

当然，也不排除真的钓鱼。

（2021年）

后事

　　一锭墨用了两年才完，显见不是勤奋人。启用新墨好了。新墨也不是自己买的，是什么时候活动上，受赠的小礼物。

　　展纸研墨，写甚？脑子一片空白。待墨研好时，便有了一点内容，尽管这内容依旧是乏味可笑的。研墨写文章，类似运动员比赛前，场外扩胸踢腿、蹲下弹起；又好比村妇骂人前先踢一脚鸡鸭，呵斥一声，也无非是热身打腹稿。

　　方才忽然想到后事，也就是死亡话题。死亡这事，其实也说不出什么新意来。死亡是什么？有没有脱离肉身而存在的魂灵？至今仍争议，有与无始终并存。不过中国先贤大抵是不信鬼神的，大抵是唯物主义者。

有生必有死，自然法则，原本也无须讨论的。我要说的是，生，并不是自己选择的，那么死呢，也就不要自己去决定。采取跳楼或其他自杀方式，都是违背天意的，不足取的。

几乎每一个人，小时都有过，比如问父母要钱买玩具、买零食，父母没给；或长大求学择业时不顺，就抱怨，撒气父母没本事："谁让你们当初把我生出来！"一听这话，父母顿时哑口无言，羞愧至极，气得浑身发抖，说不出半个字来。

不肖子女说出如此不肖话来，当然很不应该，纯属混账犟牛话。但你也不能说人家如此责难毫无道理——来到人世间，确实没有事先征求人家意见是吧！

于是，几乎所有的父母，每每觉得亏欠了子女，而子女觉得愧对父母的，却不多，原因正在此处。

如今在乡下，在比较偏僻的尚未火葬的地方，光景好的人家，到了一定年龄，便开始安排自身后事，信条是

"不给子女添麻烦"。他们早早给自己准备了棺材，早早请阴阳先生选好了墓地——

只是如今的乡下，尤其在深山里，老的老来小的小，要想顺利抬棺入土，得跑很远的路，才能请来足够的青壮劳力。

然而这后事、后事，已经明确说了属于后人办的事。自己操心操办，越俎代庖似无必要。生不由己，死亦由他去好了。

（2021年）

谣话

　　昨儿听得一首童谣：

　　　　一座庙，两头翘。

　　　　有处拉，没处尿。

　　感觉是个谜语。可是从夜里想到今天早上，依然未能猜出。难道是以漫画笔法描写摇篮？很可能。

　　童谣是童子与成人联袂创造的诗歌。童子学语，信嘴胡哇哇，因不合生活逻辑而好笑。成人听后，略事编辑加工，再反过来传给童子。童子又唱给另外的童子，一首经典的童谣就如此这般地诞生了。

谁是编辑加工者？主要是年轻的母亲，年迈的祖母，或者外婆吧。总归大抵归类母性歌谣。

在乡村场院里，在树荫下，母亲或奶奶坐在小凳子上，踩着摇篮，纳着鞋底，哄逗着摇篮里的婴孩睡觉觉，间隔着喝赶一声偷啄晾晒粮食的鸡鸭。婴孩通常呜里哇啦伸胳膊蹬腿儿不睡觉，踩摇篮的便与其对话，哼唱童谣。女人话多，盖由此而来。三个女人路上遇见，如同三百只喜鹊、五百只燕子讨论提案，争抢着说得分外兴奋——但你要听明白她们究竟说些什么，又急着想说什么，那就把人难住了。

行文至此，内子让提水去阳台，其盆栽大蒜已经冒出半寸长的翠苗来。边浇水便说了方才谜语，"那是鸡嘛，没处尿，真笨！"语气很不屑。

"知道我早上买的猪肉多钱一斤？"

"八块？十块？"

"猪前腿十三块八，猪后腿十四块九。"

"为何价不同？"

"后腿好吃,瘦肉也多——你连物价都不了解,写个屁作!"

只能诺诺,不可微词。但是心里想:就知道个吃吃喝喝,庸俗!

顷见过去的一首童谣:

> 泥瓦匠,住草房;纺织娘,没衣裳;
>
> 卖盐老婆喝淡汤;种田的,吃米糠;
>
> 炒菜的,光闻香;编席的,睡光炕;
>
> 做棺材的死路上。

很显然是成人创作的童谣,严格讲属于歌谣,非常现实主义,"生动再现了旧社会的不平等、百姓生计的寒碜苦难"——当然,也与那时生产力低下有关。

不过,老百姓苦难惯了,就常以幽默来化解苦难。比如王六先生赠其著《信天游说》,就读得我挺开心。其中一谣曰《黑小子》,像是自带了快板伴奏,笑后堪品呢:

> 提起个黑,记起个黑。

黑家洼有个黑小子，黑家庄有个黑女子。

黑里来了个说媒的，黑天半夜说成了。

鸡叫三餐（遍）引来了，引人的骑了个黑叫驴。

送人的骑了个黑公牛，黑蹄黑爪黑角楼。

黑吹黑打黑里走，黑毡黑轿黑洞房，

黑小子进了炭窑沟！

何为理想婚姻？不过是般配二字：金花配银花，西葫芦配南瓜。这对黑男女，家贫貌丑，无可显摆，连提亲的都是黑夜里来，居然一提就成了！趁热打铁，立马黑夜迎娶圆房——虽然"黑吹黑打"一片黑，却在嘲讽谐谑的同时，分明闪出一朵快乐的亮光。

只是篇幅长了，不大适合孩儿们记诵传唱。那就来个极短的关中歌谣吧：

吃饱咧，喝浪咧，

咱跟皇上一样咧！

极富画面感，大概是写去某家吃罢喜宴回来的路上，醉醺醺东倒西歪，何等陶然快活状吧！

关中大平原，长安第一都。只是皇宫里的光景，比如吃饭喝酒是如何的阔气奢华法？黎民百姓是很难想象的。然而只要是个人，对于吃喝的终极目的之理解，却断无差别，便是：吃饱，喝好！我现在吃饱了喝好了，我自然跟皇帝老儿一样了。

细想起来，实为至理大道。天下皆能吃饱喝好，肯定国泰民安是吧，事实上或者机遇上，却不容易做到。正是人的这个胃袋不好对付，史上才总改朝换代。

儿时放忙假、拾麦穗，听大人讲：吃了喝了实落了，两腿一蹬啥都没了！第一次明白人生世间，就图个吃喝，实乃现实福报，唯物主义。及长，又觉不全是。后读圣人，发觉孔子也跟老百姓一样，也很唯物主义。夫子虽说过"敬鬼神而远之"的话，但从语态上推断，他是不想沾惹鬼神存在与否的这一麻烦课题的，说明他大抵是不信鬼神的。不信鬼神等于没有宗教信仰，因为宗教信仰产生于坚信鬼神存在之大前提。

不过人生首先，当然是吃饱喝好。庆幸的是，国人的这一期许，眼下实现了。然而人在则欲在，只是欲壑难填噢。填不满也还是要填一填的。能填多少填多少，拿捏好尺度便是。否则，吃好喝好之外别无所求，也着实乏味。

说到求人看脸，总有些好汉常言他是从不求人看脸的。显然吹牛。只要活着，定有求人之时。即使是总统，你瞧他拉选票时谄媚选民的那个小样儿，还不够求人吗！一次，我应邀去某展讲几句话，快到时内急。进门就见人哄哄的，认识不认识，只要目光对撞了，立即点头奉笑——端直跑进厕所。蹲下一摸口袋，坏了，没手纸！忽想方才"目光对撞"，仅认识西北工业大学教授魏晏龙。赶紧掏手机，对方立马送来一沓纸，解斯文以尴尬窘境。散后回家，正巧出版社送来《落红》精装本样书。不用多想，迅即抽出一本，签名后快递魏，聊谢"一纸恩德"。

求财求官求名，求温饱求健康，总之不求谁是不可能的。而这其中，尤以求爱最是脸面丢尽、尊严毫无。不信的话，你仔细品品如下童谣：

掌柜的，坐椅子，

你屋有个好女子。

你不给我我不走，

我在你门前耍死狗！

（2021年）

我没有敌人

　　总是见一些说老不老、说小不小的男女，围一个音箱，捏着麦克风，臀摆头摇地大声歌唱着。爱唱歌，不算恶习，即便唱得不大好，也无可责难。问题是你唱得不好，为何还要音箱扩大了烦人呢？公园公园，公众的园子，得考虑众人的感受才好。

　　就算你是名闻世界的歌王，也不宜公园里音箱放歌。为什么？因为大凡艺术，皆有风格。风格不同，则爱者相异。是否有人不喜欢帕瓦罗蒂而偏偏爱听猫叫春呢？世人多了去，大概率推测，是一定存在此类怪种的。恰巧这怪种也在公园里闲转，你的歌唱没准激怒得他，拎个半截砖来拍你噢!

以此推及写作，也是同道共理的。写作的原始动机，在我看来，并非读者需要与强迫，而是你不写便憋闷手痒。当然写成之后，又本能地希望有很多读者了。一如顽童朝人堆里扔个石子儿，便躲到暗处眼巴巴期待反响。渴望被关注，是人自幼到老的天性，没啥好争论的。当然要除过那种无人知晓的，真正的隐士，他们是害怕被关注的。

你希望被关注，别人同样巴望被关注。这是一条铁律。因此我时刻提醒自己：不要送货上门求关注，否则只能招烦，因为人家也正踮着脚尖恭候关注呢。理想的状态是作品本身吸引人，自然而然受关注。

不要送货上门，具体例子就比如：我极少送人书。这上面口碑欠佳，常被讥为吝啬鬼。往来者不少是写作同道，送同道书无异于一个瓜农给另一个瓜农送瓜，不稀罕也罢，反可能添累赘。

至于其他朋友，也还是不送的好。也不全是自估作品低档，不配当赠品。要知道大凡写作者，都自负着呢。

不送人书更有一个原因：不知道或者说无法判断对方是否喜欢我书。世间的东西都好，世无废品，看对谁呢，不是说"宝贝是放错位置的垃圾"嘛。经常是这样，读者拎来或抱来几箱我的书请签名，人家早就列了一个名单，我照着单子一本一本签了便是。边签边想，这位先生或女士喜欢吗？一想书又不是我买的，掏钱人想送谁送谁。于是——

另有读者来签名时，常外带一两本书摊上淘来的我签赠某君的书。第一次遭遇时羞愧尴尬，次数多了竟生喜悦。一本书只被一个人读，甚或人家压根不曾翻开过，浪费且悲催是吧！流落书摊碰喜欢者，善莫大焉。

如此的书，再签一次眼下的藏书者名字。同时补一句：一本书如果好，就不该只被一个读者看。

至于手机上发朋友圈，谁喜欢谁看去好了。不喜欢了屏蔽便是。反正朋友圈就是个自我宣传部，自吹自擂，彼此彼此，天经地义。总归谁看谁不看，谁褒谁贬，纯属别人自由，与己无关。

但是作品一完成，就往各个群里砸，等于送货上门求关注，无异于公园里音箱吼歌，就欠妥、不识趣了，招烦就正常不过了。

人，还是自尊自爱的好。

去年，一个朋友拉黑了我，后来索性删了我。我没生气，也无权怪朋友，唯有自身检讨。一定是某时某处，我的某言某行冒犯了朋友，惹朋友反感。

再说我都删过别人，就不兴别人删我？没道理嘛。只是不必结仇。我不要敌人。

至于是否有人把我当敌人？大概率推测，绝对有的。但我压根不想知道。我乐意我眼里，皆是好人。

（2021年）

我的文运

有杂志约小说稿，却不在情绪期。两个月后忽来灵感，一气写成短篇一个。编辑读后先是大赞一通，接着说篇幅不足三千字，不好排版，建议拉长些。我说那就算了，小说又不是橡皮泥，想长就能长的。心想鲁迅的《孔乙己》，也才两千五百七十三个字，杰作呢。

恰好有小小说编辑约稿，就随手甩去。编辑十分钟读了，大吹三个字，好好好！又十分钟后短信说："我刊限定小小说一千八百字左右，当然偶有例外，像您这样的名家，可以放宽到二千四百字——劳驾方老师压缩压缩如何？"我说算啦，小说不是橡皮泥，想碰短就能碰短的。

苏东坡作文"常行于所当行，常止于不可不止"，意思是文章无所谓长，也无所谓短，兴尽而已，篇幅并无死规定。不过，之于现代白话文容易导致拖沓啰唆而言，作品完成后实有修改之必要，尤其是废话赘字要尽量剔除掉。我自知才力不济，所以作品写完后，总要修改一二遍的，权当审订《原子弹使用说明书》，一字一点务求精准，不可歧义。至于某些用语要模糊，要多义，那是营造张力及想象空间，属于修辞艺术，需另题专门探讨。

这并非说我的文章不可动一字，只是强调写作要努力靠近完美。

其实修改稿子也并非全因我严谨，真把写作当了"名山事业"，而是被动无奈。我的所有作品，不论长短，都至少被退稿了两次三次，甚或五次六次。这无非两个原因，一是作品不好，二是作品虽好却没有及时落到欣赏它的编辑手上。我坚信是第二个原因，坚信此作运气未到，所以就修改。当然不是伤筋动骨改，而是修改某句话，增删腾挪某个标点符号，然后投给另一家。若再退，就再打磨、再投另家——直到经了五六遍的修改、投递，发表了，或是出版了，完结。

此生没有文运，认了，服软了便是。之所以未曾放弃，是因为写作本身颇得乐趣。如同饮茶上了瘾，不饮难受，饮则怡然。好在没有废稿，只是必经一个周转绕圈子的过程。

发表出版两不顺，影响了我的作品产量。

前年采风认识一个主编，聊得很是投机。其盛情约我小说稿，不久便写成一个。他读后极为满意，我更是高兴得够呛，总算有个"一投中的"啦！然而过了两天接他短信说，他们刊物规定短篇小说必须五千字以上，而我这个少了三百来字，希望我增补。我嘴上说容我想想再看，其实心里已有了主见：你可以退稿，不可以让我增删而发表。即使文运再不好，我也必须固守写作贞操，稿子是不可随便被动手动脚的。

晚上反省，如此固执是否有点过分自负？不就是增加三百字嘛，让我再看看原稿，又不是给一口好牙钉楔子。硬找空隙也不难，就将小说里的情感场景扩写一番，着重于气味与音响还原。写情色一如写吃饭，要写出新意与想象力，要写出美感与脱俗来，不是随便哪个作家都能行的。

结果超标，增加了五百字。再发走，朋友大悦，说增加的五百字他将按三千字划我稿酬。我也得意起来：终于填补了不曾"一投中的"之空白啦！

这事就撂过去了。如今老了，发表欲淡得近乎无了。过了四个月忽然想起这事，何以还没发表出来呢？一问，乐了。原来朋友尚不是主编，而依然是副主编。朋友说按正常程序三个月前就该他接任主编的，他也早就掐准了时间，要将我的小说作为"上任第一签"且头条刊出，以显春风得意兼顾友情。岂料出了意外，领导层换了，主编暂且留任，谁接任主编需要重新评估遴选。他怕我等不及就送审留任主编，结果遭毙。

我也没怎么扫兴，反正这辈子没有文运，早已习惯麻木了。让我愧疚难过的是，朋友或许正因为约了我的稿子而沾了晦气，仕途受阻啊！

（2021年）

企图牧童遥指

　　童年最兴奋的是家里请来匠人。观看木匠制作器具，斧锛有声、锯刨飞花，偶尔帮个小手，牵个墨斗线、递个凿子啥的；或是捡起一片废角料，随物赋形，借用木匠工具，眨眼间诞生一个新玩具，那感觉哟，恰似参与一场魔术表演，乐不可言。

　　匠人来了更有一大口福，因为招待匠人的饭菜如同过年。

　　至于请来篾匠，又是另一景象。竹子贞硬，横剁不能，以刃勉强锯之，半天才能截断。竖劈就很容易，刀口一搭，一拍刀背，就听刺啦一声开裂，推刀略使劲，脆响声里一贯到底，于是有了势如破竹的爽快。破开的竹片，再根据需要，或破指头宽，或破筷子宽，或破细如挂面宽。竹片只有外层坚韧可用，内层叫篾，要刨刮掉的，如同吃瓜时掏出瓜瓢喂猪。篾亦有用，既是柴火，亦可砸绒了和稀泥涂墙壁、脱土坯，筋丝耐用。

然而字典里注释簧字，却说是乐器里振动发声的薄片儿，以金属为主。想来也有用特种木材，或竹片儿的吧。此为冷门学问，不可妄言揣测。

连环画上看见一个童子骑着水牛吹笛子，太好玩了！水牛，我们生产队有四头，只差笛子。门前的小学老师有，却不好开口借的。不过，老师教了办法可以自制笛子。选一段竹管，一尺五寸长，捅透里面的关节，只留一节不要捅，用于堵气，让气往一个方向冲。

炉火烧红火钳，竹管上连烫带钻，旋转着钻出八个圆眼儿。吹孔与六孔之间的眼儿，唾沫粘上笛膜，就可以吹奏了。笛膜就是竹子内壁那层半透明的膜，平时多揭一些，夹在书本里，随用随取。有时没笛膜，薄纸片替代，吹出的声音全然是破罐子破摔。

笛子有了，能吹响了，响得没个旋律，如同女人端娃撒尿，"嘘——嘘——"催尿下呢。这个无所谓，反正高兴，高兴地跑向河边。

河堤上的阿牛，戴着树枝条子编的遮阳帽，像是电影里的埋伏兵，手挥鞭子瞎转悠，不时抛鞭猛一抽，叭的一声响。他与我同岁，正在放牛，牛在河床里吃两边滩涂地生长的草，他得看管牛不能上岸吃庄稼。

远远见我跑来，阿牛就咧嘴笑了，同时甩一声响鞭。他原来不爱笑，因为摔跤时门牙被石头磕掉半截，于是不说话了，怕人看见那个小三角洞儿。他父亲急了，带他去镇上找牙医，给他镶补了半截银牙。是否真银？说不清。总之自此爱笑，远远碰见人，无论生人熟人，他的双唇就上下扩开了，要显摆嘴里一粒银星。

让我骑上牛背吹笛子吧我说，阿牛说只要你有本事把它拽上来。顺着他鞭指的方向看去，黑乎乎的水牛正卧在潭里消夏。小河只在拐弯时，流水才会旋出一个潭，不大也不深，刚好半泡了牛，脊背露在太阳下，尾巴不时地甩水自浇，捎带着驱打脊背上的牛虻蚊蝇。

水牛体格庞大，脾性倒是温厚。在我更小的时候，记忆里第一次跑到水牛跟前——它突然喷出一股粗气，一团白雾裹挟着细雨点，直扑我脸，力量很大，把我击了个仰八叉。后来才知道，这是水牛故意吓我，逗我耍呢。

水牛喜欢老人和孩子，因为老人孩子从不鞭打它耕田。

阿牛接过笛子，抿抿嘴巴，噗一吹，吹出两声蔫屁响，很不屑地还我手上。让他帮我骑牛，他让我自己去。我蹶蹶身子，一弹，跳下与我差不多高的河坎，朝牛走去。刚到牛跟前，牛便"噗——"出一口水来，湿了我裤子。堤上的阿牛哈哈大笑了。

"你到底帮不帮忙？"

"不帮！"

"你想好了？"

"想好了。"

"那你，你再想想——"

"——好，我帮你。"

阿牛就也跳了下来。原来我们玩伴之间，每每玩得翻脸了，就喊对方父亲的名字。再次翻脸时，喊对方祖父的名字，等于手枪换作机枪，杀伤力猛增。尚不知对方祖父名字的一方，恨得牙根痒痒，也只能甘拜下风。一旦双方都知道了对方祖父的名字，火力相当半斤八两，相互喊叫几声觉得意思不大，此战法就停止使用了。

两天前，我无意间听到阿牛曾祖父的名字，如获至宝，飞跑他身边。当时三个小伙伴正在田里帮鸭子捉泥鳅，满脸的泥点儿。我叫阿牛出田来，悄悄耳语了他，他当即脸色煞白嘴唇哆嗦——他眼下之所以帮我骑水牛，是因为我手握利器拿捏着他。

"要想骑它，先要讨好它。"

我俩蹲在水潭边，不住地撩水浇牛背，又用树叶不轻不重地吆赶飞虫。水牛果然舒服得打响鼻噗水，左右摇摆它那巨大的犄角，如同雄鹰预备腾飞。

轻轻一拽牛鼻绳，牛就哗啦一声站起来，牛肚子下瞬间暴雨倾泻。

把牛牵了一段距离，由一处河堤豁口缓坡处，上了堤岸大路。夏日炎炎，一忽儿工夫，牛身上的水全蒸发了。

"你也不要小气，"阿牛踮起脚，摸着牛脸，"让外人骑就骑一下吧！"

　　阿牛蹲下身子，让我踏上他的肩膀。随着一声"起啦——"，我就上了牛背。

　　我身体小，牛背太宽，实在没法骑，只好两腿一个方向。刚将笛子搭嘴上，就感觉牛背抖动，同时听得呼咚咚一团大响，塌方了似的——我被震掉下来、跪在地上。站起来低头一看，两个膝盖破了皮，渗血呢。

　　原来，水牛拉了一大摊粪，筛子大一摊。

　　"这不怪我噢！"阿牛开心极了，叭叭两声鞭响，余音了五十多年。

（2022年）

短信指南

"烽火连三月,家书抵万金。"网络时代,如此急盼与悲喜交集之通信状态,一去不复返了。当然,非常时期另说。

短信往来之快捷,眨眼之间也。不过有些来信虽只俩字,却让人手足无措:在不?短信不是敲门嘛,何以如此开问!往往得沉思一阵子,判断并无催命或收魂之意,于是回复:尚健在。

如何短信生活,如何既不失礼仪之雅,又能照顾人性弱点呢?我不妨粗略梳理一下。只说愉快的,需要及时回复的吧。报丧借钱的短信,没有人喜欢接收,读者也懒得看。

首先是收到饭局邀请信，必须五分钟左右回复：多谢赐饭。先表示个谢恩态度，不致扫了人家兴。至于去还是不去，暂且搁置。设宴者若是经常往来的狗皮袜子没反正的哥们姐们，一般而言放心去便是。但也得略作思考。设若这次设宴者一向铁公鸡难拔一毛，何以忽然豪华了呢？可能求你办啥事吧。若不预先探测清楚，饭桌上刚钳住大闸蟹，宴主儿正好说出某件需要你帮忙的事，而你又爱莫能助——此时的你掰腿还是不掰腿？当然是掰大闸蟹腿。

你未答复去还是不去，过不了一刻钟，对方必定追问来。于是你反问道：都谁？我曾吃过两次除设宴者熟悉，其余十几位男女一概陌生的宴席，那叫尴尬遭罪哦。与陌生人一起吃饭，紧张也罢，关键是不确定因素太多，还往往会发生猝不及防的事故。总之对方通报了都谁，谁谁及谁谁谁，仅一两位没听说过，于是迅速回复：准点到达。

最是国泰民安令人来劲的短信当然是红包与进账啦。纵然如此，却不可彼一发来而急点收，那就给对方留个贪财穷鬼的印象，下次见面便觉羞赧汗颜。总归来钱信息要与打网球区别开来，不可钱一来就陀螺般急跑猛转地接住。比较体面的是对方催了两三次，你这才装作不情愿的、似乎要给人家面子的派头点收之，显得咱视金钱如粪土之君子高洁是吧——

反正二十四小时内点收就不用担心退回，时间够你作秀的。尤其百元左右的碎银，更该隔一夜再处理不迟。若过了时辰被退了呢？心里难免小疼一下，却让对方感觉你清贵脱俗，算细账是值得的，利大于弊的。

若是上了一万元，再如此玩儿就风险大了去。晚上睡觉前，当写一字条：大钞未收，以唾沫粘于手机屏。次日捏准时间，账来过去了二十三时五十分钟时，从容点收。总归熟酥的大鸭子傻子才放飞呢，耍大方只可拿小钱耍。需要提醒的是由于时间选在过了二十三小时五十分钟，就要看清手机电量饱和着，信号也在正常状态——若恰好没电了或是没信号了，错过良机几千上万元被退回，我劝你放弃追讨，认栽吧，蒙上被子偷偷哭一场完事。

某君装修新房，来信命题我写一幅四尺横披字补壁。内容四个字，不是"厚德载物""禅茶一味"之类滥俗话，多少有点新意，动起墨来不至于辱没我腕。问题是就这么直戳戳地吩咐我写，凭啥哟！毕竟与此君面面糊糊的，想不起有什么实质性交往。莫非曾写文章吹捧过我？吹捧家是不应受亏待与被忘却的。况且古往今来的吹捧事业，一向会预先支付吹捧费呢。

总归未能想起对方曾有嘉文赞颂我，写的兴致顿时荡然了。因此暂不答复。正当此时，对方发来润笔五千。这就对了，也不全因不见兔子不撒鹰，关键在于我这手固然长在我身上，却常常不听我使唤——白写的字它总是不配合，咋腾挪使转它都闹别扭，每每糟蹋好几张纸才勉强写成，恰似包办婚姻，没有爽快只有躁气。然而一见钱来，我这右手顷刻间勃然亢奋起来，须臾间骤风阵雨一挥而就！

于是回复某君：您太客气，容我先操练操练。某君催我快点收，我说不急，写好了点收踏实些。

次日早点后，三杯庐山云雾茶。铺宣斟墨，看一眼可爱的转账单，情绪立马朝辞白帝，一次性成功喽。拍照发去，某君来了五个大拇指，再催收银。时间尚充裕，够我再耍两小时大方嘛。

将字快递走，不觉间过了二十三小时。指头正欲点收，忽然想起许多年前我去吃泡馍，正碰见某君先在里面，已经吃得剩个碗底了。临我买单时，店娘说方才某君替我买了！虽然那时泡馍不过十二元钱，但咱毕竟是无缘无故的白吃了人家呀。罢了罢了，五千元放弃了。自掌嘴巴管不住，痛惜了半天呢。

某君收到字后，过意不去吧，快递来两条软中华，算是曲终奏雅了。

（2022年）

童子打电话

我生长于万山丛中，十岁前没见过汽车。门前的大路上，沿河栽着电线杆，杆上绷着一根不知始于哪里、终于何地的铁丝线，连接了每家每户的广播。

每天早、中、晚，三次广播。广播时，全公社唯一的电话就不能打了，因为广播与电话共用一根线。

电线杆全是桦栎木竖起的。河里耍水腻了，就捡块石头"打电话"。你搂住这根电线杆，我倚着那根电线杆，都将耳朵贴上去，拿石块敲打杆子，于是嗡嗡锵锵的声音，振过百十米广播线，细如银针般旋进耳孔，浑身一激灵。

某年放忙假，小学生全都下地拾麦穗。拾两斤麦穗，记一分工。有个上午，我和阿牛各自拾了十多斤麦穗，如此好的劳动成绩，值得打电话报告毛主席啊。

　　于是我俩各捏一块石头，飞快地跑到两根电线杆下。先说好，只敲杆子不喊话，小声说，随后碰面，根据双方敲击的次数，校正对错。敲打完了，跑到一块儿合成对话，居然无一字差错：

　　"毛、主、席、好！"

　　"小、朋、友、好。"

　　"您、吃、了、没？"

　　"刚、吃、了。"

　　"吃、的、啥？"

　　"麻、花。"

　　二十里外的镇上，唯一的国营食堂卖麻花、蒸馍。一根麻花八分钱，一两粮票，在我们的印象里，世间没有比麻花更好的食物了。

　　刚好生产队队长路过，问我俩刚才嘀咕啥。我俩就重复一遍，队长不屑道："碎娃们，见识太少咧！"

忽然，他手一挥，大喊一声："谁家的羊，进苞谷地了！"

顺着队长挥手的方向看去，一只母羊领着两只小羊，兴冲冲地跑进苞谷地大嚼起来。麦收时节，苞谷地翠绿满眼，最是吸引羊了。

我俩跟着队长屁股，撵羊去了。

（2022年）

顺母陵

　　每次乘飞机，起飞或降落时，眼底总是滑翔翻转着一顶硕大的矩形草帽，草帽四周全是整洁的村庄与现代化的楼群。心里纳闷，如此金贵地段，何以没有大开发？不过大开发三个字，我如今是懒得听的，因为有的开发好了，有的开发糟了。

　　后来参观那个矩形草帽，才知道没被开发的原因是那是国家重点文物：顺陵——阔大壮观，尤其那只雄健威猛的石狮子，堪称国之瑰宝，无愧"东方第一狮"。只是这顺陵，过去居然没听说过。却也不惭愧——连我都没听说过，猜想钱学森也未必知道；司马迁更不知道，因为这是唐朝的王陵。

顺陵埋的哪个皇帝？不是皇帝，却比皇帝厉害，因为能生出皇帝来。而且生的是中国历史上唯一的女皇帝，因此有条件死后享受帝王待遇。

武则天母亲姓杨，出身好、起点高，但名字不详。有一个传说是叫杨牡丹，可能因为终老于牡丹之乡洛阳吧。她是隋朝部级官员的女儿，自幼聪慧高颜值，精诗善书，基因遗传武则天一笔好书法。这样的女子，不难想象眼头是高的，提亲虽多而难中其意的。加之隋唐朝代交替，社会动荡不安，也自然影响了她的婚事，以至成了老姑娘。

有个叫武士䕶的人，经商致富，见李渊李世民父子起兵，便倾囊相助，人也一并入了伙。大唐建立，武士䕶成了开国元勋之一。可他中年丧偶，带着两个男孩子，日子过得凄惶。李渊要关心老同事啊，就出面撮合，让他娶了杨牡丹。此时，武士䕶四十六岁，杨牡丹四十四岁。虽为继室，牡丹夫人还是很满意的，毕竟有了归属。于是竭尽妇道，小心地经管丈夫元配生养的两个男孩。

结婚刚一年，就生了个女儿，看来大龄未必影响生育。次年，亦即公元624年，牡丹娘子四十六岁时，又生下第二个女儿——高龄产妇啊，压根没想到生了后来的一代女皇！

杨牡丹跟武士彟生了三个女儿，无子。夫妻生活了十三年，武士彟死了，葬回山西。此时杨牡丹五十七岁，生活之艰辛不必多言。当然经济上是没啥问题的。

武则天十四岁时，因才貌双绝被选进皇宫，成了李世民的贴身秘书班子成员之一。初开始杨牡丹不同意她进宫，一是太疼爱这个女儿；二是女儿活泼有余、心计不足，担心她入到宫里吃亏惹祸。岂料武则天去意已决，女大不由娘，杨牡丹最后不得不同意。

杨牡丹养大了三个女儿，依次离开了。丈夫前妻的两个儿子，也早已有了各自世界，做了官员。武则天小时，三姐妹经常受到两个哥哥的欺凌。后来她借了冠冕堂皇的茬子，报复了他们。

总之杨牡丹孤身一人吃喝不愁，寂寞是可想而知的，精神问题怎么解决？一心向佛了。

盛唐时两个首都，西都长安，东都洛阳。设立两个首都，一因幅员辽阔，东南方经济后来居上，便捷于中央政府管控。庞大的官僚机构流动办公，也大大缓冲了长途物流压力。第三点是武则天个人情感，她偏爱洛阳是因为长安让她因追逐权力而干了不少血腥事，不堪回首，想尽量忘掉。

杨牡丹去世时，武则天恰好四十六岁，她母亲也正是在她这个年纪生出她的。十多年前，她已荣升皇后，协助羸弱多病的丈夫唐高宗处理朝政，遂将母亲以王妃规制下葬。为何没有安葬洛阳？为何没有移回山西与父合葬？史家考证去。

过了二十年吧，武则天完全具备了称帝且以国号周取代唐的条件。众爱卿也都有眼色，纷纷上奏，说办就办了。既然当了皇帝，皇帝娘的坟墓就不该再叫王妃墓了。马上有臣子上奏，建议"提拔"她母亲；另一大臣说得按章法来——鬼晓得什么章法——应先擢升她父亲。于是武则天追封其父武士彟为"大周无上孝明高皇帝"，杨牡丹便自然而然地成了"大周无上孝明高皇后"。

此事定后，原来的王妃墓就需比照帝王陵墓扩建了。

这就简单了，工程队们争着揽活儿呢，反正不用担心皇家拖欠工钱。

于是，女皇母亲杨牡丹的陵墓成了唐朝最大的帝陵。猜想扩建一开始，碑文《大周无上孝明高皇后碑铭》就同步开始起草了，反复修改多次才定稿。何以如此说？因为碑文煌煌四千三百余字，定是因武则天的意思越改越多，与后来她自己的墓碑一字不著反差强烈。

原碑早在明朝大地震时碎裂。清朝洪水泛滥时，老百姓搬去填堵渭河大堤了。如今只发现零星碑块。

上网一搜，甚好，居然搜出碑文内容。开篇一通哲学，接着赞美杨、武两族之高贵来历，拽出双方祖上名人轮番褒奖。总归辞采绮丽，音韵悠扬，如说杨牡丹"资灵月魄，毓粹星宫，承茂祉于瑶筐，降仙仪于金屋"。其中一个细节说，杨牡丹小时写了一件手札，内容相当励志，不让人看，藏进墙缝里，后来修葺住宅时被匠人发现，一时传播开去，获赞曰："此隆家之女矣！"

碑文里如此描写四十四岁初婚之际的杨牡丹："风闺少女，袭兰蕙而驰芬；月幌仙娥，韵珩璜而动步。光生绮

235

殿，比桃李而增鲜；影发春楼，视云霞而掩色。"明显模仿宋玉《神女赋》、曹植《洛神赋》。紧接着大摆武士彟（已"提拔"为无上孝明高皇帝）为大唐所立功勋……却有这样的句子："咸亨元年八月二日，崩于九成宫之山第，春秋九十有二"——不是死在洛阳吗？可见传说不一定准确。

总归碑文颂皇母之美之慧、之仁之爱，之母仪与教子之有方。必不可少的是：兼颂今皇。这类文字适合配乐朗诵，凭韵律足可引人，因其细节太少，没法打动人。

我之所以阅读碑文，就想看看杨牡丹女士究竟是个怎样的人物。结果失望，文辞固然优美华丽，却没有丝毫血肉。

不过，为凑字数，且请读者恩准我动用小说家笔法，还原有关碑文诞生的某个场景：

武三思：陛下，圣体安好？臣速来听旨。

武则天：这又不是朝堂，叫姑妈亲切——你考虑考虑，你奶奶的碑文谁写合适？

武三思：天下才俊哪个不在姑妈心里，用不着侄儿举荐。

武则天：你就改不了拍马屁的毛病！骆宾王骂我的檄文，那多有文采呀："潜隐先帝之私，阴图后房之嬖。入门见嫉，蛾眉不肯让人；掩袖工谗，狐媚偏能惑主……一抔之土未干，六尺之孤何托……"可惜畏罪，不知藏哪儿找不回了。

武三思：我大周人才比石榴籽还多呢。

武则天：陈子昂——你小子嫉贤妒能，把人家整进监狱了。

武三思：侄儿错了，这就放他出来。

武则天：胡闹！关人、放人都得找个理法才行，不然何以服众！

武三思：那碑文？

武则天：你是监修国史，文字也还行，写你奶奶自有感情，任务就交给你吧。

武三思：侄儿深感光荣，只怕才疏学浅写不好……

武则天：不说了，去吧，姑妈近来常犯困。

　　杨牡丹是武三思祖父的继室，武三思虽然叫奶奶，却无血缘关系。但起草碑文是大事，不可马虎。他显然召集了一帮写手，每成一稿必呈圣上，待御批后再加工、再呈。女皇虽日理万机，然而十分在意这件事。她本就绝顶聪明，无上权势又愈发刺激了她的创造性思维，居然发明了十八个汉字！碑文里用了十六个，另一个咋绕圈子都没用进去。至于她专为自个名字发明的那个"曌"字，不便用进碑文。如今也就这个"曌"字传了下来，却没人敢用——

　　这给我们一个启发，文化，尤其是文化的核心元素汉字，具有超稳定性，很难加塞的！

　　如此颠来倒去地打磨，打磨得篇幅超长，挺幽默的。不管了，长就长去，无非石碑整大些，刻字匠多费些时日罢了。

　　女皇令杨牡丹的外孙，也就是女皇亲生的儿子李旦（唐睿宗）书丹。

我对碑文的大体评价是：纵然文采飞扬，仍难掩官样文章底色。不过，也能看出杨牡丹同志确实器识过人、德才兼美、慈爱贤淑。更看出女皇对于母亲的深情与感念。

在那样一个人均寿命有限的年代，如果没有良好的人生观，没有健康的饮食起居习惯，没有通脱达观的处世之道与精神境界，不可能寿比南山。

人老怕寂寞，寿星杨牡丹却热闹得很：昼夜飞机盘旋上空，四海肤色闻之欲瞻。

顺陵位于咸阳市洪渎塬上，属于如今的西咸新区空港新城。为何叫顺陵？我不知道，也懒得咨询。我想到一句谚语：顺者为孝。女皇传奇一生，全因母亲生养与教诲，怎能不表达无限的孝顺之心呢！所以叫：顺陵。

（2022年）

《西游记》里的雅集

如今社会，矛盾而费解。普遍喊叫文学衰落了，文学书却出版得浩浩荡荡。就说我吧，平均三天收到两本书，全读是不可能的。有的赠书者还要几次发来短信，请给写个书评，不知如何答复。

可是读第一流的书就不一样了，作者并无馈赠来，却偏要骚情地写个吹捧文章，图啥？图个愉快。

什么是第一流的书呢？挺多的，比如《西游记》，无论读过多少遍，再读依然不腻烦。本文只说六十四回，"荆棘岭悟能努力，木仙庵三藏谈诗"，值得玩味。

其实这一回并不斗法热闹、玄幻穿越，在整部小说里说来实在可有可无。之所以引我兴味，全因了"风雅"二字。

故事发生地长岭横阻，植被原生态，"荆棘丫叉，薜萝牵绕"。多亏天蓬元帅挥舞钉钯左搂右劈，师徒一行走了好几日，见一块空地，中间一座古庙。景象如何？作者以诗描写：

> 岩前古庙枕寒流，落目荒烟锁废丘。
> 白鹤丛中深岁月，绿芜台下自春秋。
> 竹摇青珮疑闻语，鸟弄馀音似诉愁。
> 鸡犬不通人迹少，闲花野蔓绕墙头。

诗写得不错吧，确实令人刮目。忽然又想，吴老师大概读过唐朝诗人刘禹锡的《西塞山怀古》，或步其韵也未可知：

> 王濬楼船下益州，金陵王气黯然收。
> 千寻铁锁沉江底，一片降幡出石头。

人世几回伤往事，山形依旧枕寒流。

今逢四海为家日，故垒萧萧芦荻秋。

所写历史发生在三国晚期，司马父子灭了蜀国，司马炎称帝建立西晋，下令大将王濬打造战船，由成都出发沿长江而下，一举灭掉东吴，归一天下。

扯远了，继续说西游。书里每到善景恶地，必有一诗，甚或几首诗、很长诗描写之。诗的质量参差不齐，不过我敢打赌，今之才子诗人，多半是不易作出的。当然少时读到这些地方，总是跳将过去急着看悟空八戒与妖怪斗法，现在倒是一字不落地细看了。当然费时间，每次只能看一两页，却总能开眼界、长知识，知道了吴承恩饱读诗书，知识结构宽广无涯，当一个这样的作家实在不容易，实在太伟大了！

——古庙处照例，忽然刮来一阵阴风卷走了唐僧。弄风者是个老头，其言："圣僧休怕。我等不是歹人，乃荆棘岭十八公是也。因风清月霁之宵，特请你来会友谈诗，消遣情怀故而。"不绕圈子端直挑明：掳你来不是要吃你肉，而是搞个雅集、开个笔会。

此老者笔名劲节，早有另三个老者恭迎着，笔名分别是孤直公、凌空子、拂云叟——活活是如今书画家给自个整的一堆斋号别署啥的，不由一乐。见他们个个仙容鹤发，唐僧就问"四翁尊寿几何"，他们分别以诗作答，皆几百上千岁了。"高年得道，丰采清奇"，唐僧赞不绝口，也以诗回答对方"妙龄几何"之问：

> 四十年前出母胎，未产之时命已灾。
> 逃生落水随波滚，幸遇金山脱本骸。
> 养性看经无懈怠，诚心拜佛敢俄捱？
> 今蒙皇上差西去，路遇仙翁下爱来。

此可视作唐僧的个人小传。四翁听罢大仰，当即请教禅法佛理。这是唐僧的专业，随口讲了一通"菩提者，不死不生，无馀无欠，空色包罗，圣凡俱遣。……"听得他们"一个个稽首皈依"——其实这只是一个礼节，给客人面子而已，未必真的心悦诚服。果然，四翁因是道家，

243

就讲了一通玄之又玄的理论来，并质疑西天取经："道也者，本安中国，反来求证西方。空费了草鞋，不知寻个甚么？"

眼看要成了百家争鸣，若是争辩得难分轩轾，就败了兴致——凌空子急忙说："我等趁此月明，原不为讲论修持，且自吟哦逍遥，放荡襟怀也。"五人于是进了石屋"木仙庵"，饮茶，吃茯苓膏，喝香汤。

唐僧见此环境玲珑光彩、清虚雅致，不由冒出一句"禅心似月迥无尘"——好了，接着你一句我一句，凑出一首七言诗来：

禅心似月迥无尘，诗兴如天青更新。

好句漫裁抟锦绣，佳文不点唾奇珍。

六朝一洗繁华尽，四始重删雅颂分。

半枕松风茶未熟，吟怀潇洒满腔春。

开句第一句与结尾两句皆出自唐僧口。比较看来，唐的诗才不及那四个老汉。此种凑句或曰联诗游戏，《红楼梦》里就有过,只是后者人多些,诗长些。曹雪芹受了吴承恩启发吗?难说。反正曹是晚辈,学习前贤也很自然。

下来玩"顶针"接力游戏,即你句首字必须等同他句尾字。又各自吟诗,都是委婉暗示特殊身份与旨趣,少不了相互吹捧"高雅清淡""吐凤喷珠"……唐僧发觉时间久了,怕三个徒儿找不见他着急,便欲告辞——

正当此时,来了一位佳丽,"撚着一枝杏花",携两个黄衣女童捧来佳茗异果。美人出场,死水起浪。得知大家赛诗会,美人请一一复述。欣赏之后说"妾身不才","勉强将后诗奉和一律如何?"是首七言诗,下阕尤为妙绝:

> 雨润红姿娇且嫩,烟蒸翠色显还藏。
> 自知过熟微酸意,落处年年伴麦场。

写杏兼写心态,因为眼前的美男子唐三藏拨乱了她的芳心呵,"见爱之情,挨挨轧轧",直往和尚身上蹭呢。"趁此良宵,不耍子待要怎的?人生光景,能有几何?"

四翁也现场撮合，保媒的要保媒，主婚的要主婚，竭力成人之美。"当时只以砥砺之言，"唐僧自是生气了，"谈玄谈道可也；如今怎么以美人局来骗害贫僧！"

四老见三藏发起怒来，不敢多嘴了。赤身鬼躁了："我这姐姐，那些儿不好？他人材俊雅，玉质娇姿，不必说那女工针指，只这一段诗才，也配得过你。你怎么这等推辞！"唐僧心思早已飞向徒儿们，不由落泪了。"那女子陪着笑，挨至身边，翠袖中取出一个蜜合绫汗巾儿，与他揩泪，道：'佳客勿得烦恼。我与你倚玉偎香，耍子去来。'"

一个"耍"字，轻佻浮浪吧，但此处却给人以洒脱浪漫的美感。

暂且旁逸几句。吴承恩笔下的女妖们，除了极个别，多半都是快人快语。她们只想跟唐僧恋爱，纯粹为爱而爱不附加任何条件。只因唐僧不配合惹恼了她们，她们这才生气发威要吃他肉的，是谓爱之愈深、恨之愈切也。为何如此？因为她们是自由独立的女性，不仅美艳妖娆，关键是本领高强没谁敢来欺负；且有固定地盘产业，手下一帮员工，经济自立。两厢比较，红楼女儿就可哀了，钟鸣鼎食又如何？依然是附属物，标准的第二性，命运任人宰割，所以千红一哭、万艳同悲。

话归正题，双方一直劝和着、推搡着，扯扯拽拽到天明。三个徒儿找来了，四老与杏仙及女童鬼使，一晃不见了。

发现一个词：穿荆度棘。《红楼梦》里好像在写黛玉哭泣声传来时，也用了一个词：穿林度水。文学是语言学、词汇学，学习、记忆、化用语言词汇，是基本功，更是硬功夫。常用语词就那么多，风格是通过独到的腾挪摆放呈现出来的。

师徒们周围寻找到"木仙庵"。孙悟空发现原来是一株大桧树、一株老柏、一株老松、一株老竹，一株丹枫，还有一株老杏、二株腊梅、二株丹桂——火眼金睛判曰："就是这几株树木在此成精也。"猪八戒"一顿钉钯，三五长嘴，连拱带筑"，树们"俱挥倒在地，果然那根下俱鲜血淋漓"。唐僧大为心疼，将八戒斥责一番。

孙悟空既然看出是树妖，何不棒杀之？树妖们是弱者，餐风饮露无碍众生，更没干任何坏事，绝然不同于兽怪。可见孙大英雄显然有着底线，他要除的是真正的害，而且是厉害的害。只有八戒这夯货，呆头呆脑粗人一枚，文化程度低，不识风雅为何物，稀里糊涂毙了性灵。谁说啥干啥，谁不该说啥不该干啥，吴承恩都是严格依照人物性格来的。

有必要回个头，再看看前面四株老树的诗句，此且各选一联：

山空百丈龙蛇影，泉沁千年琥珀香。

——十八公（松树）

长廊夜静吟声细，古殿秋阴淡影藏。

——孤直公（柏树）

壮节凛然千古秀，深根结矣九泉藏。

——凌空子（桧树）

霜叶自来颜不改，烟梢从此色何藏？

——拂云叟（竹竿）

三木一竹，各自呈现其性格，而脱俗境界却是一样的。吴承恩对于笔下的不同树木是非常熟悉的，分外喜爱的，通过状写树们不同的物理特征，寄寓了作者的高洁旨趣。

我在《嘉树》一文里说："世无丑树""树，是天地间唯一的君子"。很荣幸与吴老师的"树木观"一样。

《西游记》里每到风景地、节令处、打斗时，往往横插一首甚或几首诗来渲染氛围。不过客观讲，十分出色的不多，目的可能只是为了拖延时间，因为当时流行说书。围观者里应该有秀才儒生类，得照顾他们那虽穷酸却好卖弄文采的口味吧！不过，我推测吴老师之所以专写这么一回，根本目的是要过一回他自己的作诗瘾。要知道小说在当时，属于大众的市井的新兴艺术，不比诗赋因其言志而长期位居庙堂之高。作者要告诉天下：老子也能写诗！老子更能揣摩人物心思替他写诗——这本事到了后来的曹雪芹手上，小说家的诗就玩得更圆熟了。

另一种可能是为了调节阴阳动静。整部《西游记》大抵属于"武戏"，文武之道，一张一弛了才合乎自然法则，故专门设计一回雅集，如同给战场上送去几束鲜花，气氛一下子就别样了。

雅集，官员士族癖好也，古风久矣。史上有名的雅集如三国时的邺下雅集、东晋时的兰亭雅集、北宋时的西园雅集等等，不仅美谈，而且留下传世之作。作为一种文采风流，搞笔会早就成了一袭文脉，基因绵延至今、日见茂盛。

雅集，有时等同采风。写小说的很少采风，可能因为写小说工程量大，一如大型猫科动物只能独来独往，饱咥一顿可管许久，需要的只是个闭门反刍、持久酿造。

四大名著皆是奇迹。只这《西游记》吧，叙事宏大、结构严整，创造了一个神人魔混合的非凡的艺术世界。虽然内容庞杂，天文地理儒释道无所不包，却也可以提炼一个主题，四个字：理想之旅。要会读，不可被表面的游戏瞎闹腾所蒙蔽。其写世俗人情处，特别接地气，各种人物似在我们周围晃来晃去。即使一个小妖、一朵野花、一条小溪，都一概生动别样、不可重复。

一句话，小说名著只要精读一部，便识人情物理，为人处世就不至于慌张无措了，面对荣辱悲喜，也能比较坦然应对了，所以才有"文学是人生教科书"一说。

至于想当诗人作家呢，我看只需配一本字典，随便选一部名著——比如《西游记》——仔细阅、反复读，大声吟诵尤为好。若能下笨功夫，一句一点地抄录个几十万字，吟诗作文写小说，就不会感觉太难了。

（2022年）

音乐是耳朵的饭

音乐是耳朵的饭。因此每天清晨醒来，我总是戴上耳机，枕上静静听一曲，等于让耳朵吃早点。听完回味几分钟，如牛反刍。这才起床洗漱。

清晨听过的曲子，晚上睡觉前再听一遍。如同老友重逢，最是风雨故人来，感怀又深化了一步。二次欣赏同一曲，如同耳朵吃剩饭。剩饭因被时间"酿"过，味道更醇了。听着听着，意识缓缓地浅了，淡了，恍兮惚兮，如卧摇篮里悠悠然沉入梦乡。

有一种剩饭，玉米糁焖洋芋，我隔段时间就要蒸一锅。过剩一老碗，储存冰箱。过几天葱花橄榄油炒了吃，十分娱口乐胃。重复听你喜欢的音乐，理亦类此。

音乐无数，风格万千。没有绝对共同的喜欢，只有你个性的喜欢。

严格讲音乐是无法解读的，故而也无须解读。解读只能拿语言。语言既能解读，又何须音乐！

音乐本身是语言，特种语言，神妙无限。

音乐就是个听觉刺激，刺激你联想你热爱的人与景、色与味，宣而叙之，咏而叹之。

你偶尔听到一首曲子，过去从未听过的曲子，当下迷住了，痴呆了，迈不动步子了。什么原因？我是这么琢磨的：音乐是一面镜子，这面陌生而似觉熟悉的镜子，是那般美好！因为这面镜子映出了你的容颜——与其说映出了你的真容，不如说映出了你理想的神采。于是你立马爱上了它。所以不妨这么说，你之所以喜欢某曲，是因为某曲让你陷入无可比拟的自恋中。

我有时相信生而知之。我深信凡是喜欢音乐的人，其心深处原本就冬眠着乐谱而不自知。一旦遭遇你喜欢的曲子，心底的乐谱当即同步被激活、被奏响。

人，生来是孤独的。只是我们俗人由于缺乏慧根，经常被栽赃陷害了似的，鸣冤叫屈着孤独啊孤独！请问谁不孤独呢？古贤最知孤独，但古贤从不说孤独。古贤有音乐伴侣他，知音他。最为重要的是，古贤本身，多是第一流的音乐家、演奏家。

不喜欢音乐的人，也许是个道德君子，只是不大好玩儿，久处乏味。

（2022年）

证婚人言

照说一对成熟男女拿到结婚证之日起就是合法夫妻了，大可不必临场再拽个八竿子打不着的人物登台证婚。问题是婚礼仪式总得有几个节目拖延时间吧，否则几十桌上百席嘉宾刚一坐满就放饮开咥宛若群鸭戏水，岂不成了赈济饿民！

我就多次受邀证婚。结婚证颁给新人后，惯例得祝福几句。婚礼祝福词是典型的陈词滥调，一如酸辣土豆丝之炒做法，东西南北几无差别。唠叨重播心有不甘，每欲出新。然则出新有风险，信口滚出某句不得体甚至晦气话，场面就不可收拾了。

今日无聊，躺阳台上发呆，被飞进窗里的什么虫子叮了腿，边挠痒痒边回味几次证婚时说过的话，倒也不无意思。于是起身坐案，援笔记载，以资贤愚同侪参考。

给你二位颁发结婚证是我的光荣。结婚证是人生中特别要紧的证件。结婚证证明你们双方及两个家族业已相互认可，重要性一如身份证。不同的是身份证经常用，结婚证用得少。有些人自拿到结婚证后再也没有使用过结婚证，看都不再看一眼，这意味着家庭港湾平安幸福。你出门与人谈项目签合同，人家得知你还没结婚可能就会犹豫难决，甚至会认为你不成熟，从而无法获得信任，严重的时候，说不定还会影响签字呢。对方大概会想，我这里轻易签了字，后面出了问题找你不见找谁呀！因此我提醒你们在漫长的婚姻道路上始终风雨相随，同时珍藏好结婚证。到了你们钻石婚纪念日拿出结婚证，你们就发现结婚证是你二人此生所拥有的唯一的无价之宝，没有之二。

不要一只手，请伸出两只手恭恭敬敬地接受结婚证！你们自娘胎出来成长到现在，只是孩子；但是今天拿到结婚证，就是大人了。即日起你们脱离父母组建一个崭新家庭，父母不再管你们了。不过这种自由，其实是一种责任。你们的责任是相亲相爱。相亲相爱不让父母操心生气，就是尽了最大的孝道。

今天，面对你们这对新人，新郎是工程师，新娘是医生，国家的进步与百姓的健康有你俩的功劳。很荣幸给你俩颁发结婚证，你俩应有接受勋章的荣耀感。在祝福的同时我想忠告，或者说我想提醒几句。你们因为恋爱而步入婚姻殿堂，恋爱是甜蜜美好的，在恋爱期总是本能地展示出优雅与美好，因此恋爱期人就陷入非常态，不表演不由人。优雅美好人人喜欢，却很难保持长久。婚后不久，各自的缺点不足自会本能地流露出来，等于人的常态得以恢复。

其实许多缺点与不足，严格讲并不是缺点不足，仅仅是一种习惯。比如，一方爱吃大蒜，一方又大蒜过敏，能说是各自的缺点与不足吗？显然不能。但是吃不吃大蒜之类琐事，往往导致口角，甚至诱发不愉快的往事一嘟噜端出来没法收拾。解决的办法是克制、退让与包容。一句话，你们因为对方的优点而结为夫妻，结婚后必须因能包容对方的缺点才可稳固家庭。爱对方，就要接受对方的缺点！这可能是婚姻艺术的最大奥秘吧。

哈哈，你俩居然在婚礼上拌嘴，亲昵，可爱。不过真的拌嘴，那就是吵架了。两口子吵架是难免的，俗话说牙齿都咬舌头呢。吵架是过于激情的交流，把控不好势必专揭对方短处，怎么伤害对方就怎么说、怎么吼、怎么歇斯底里。在此情景里，唯有最先闭嘴的一方算是智者。我必须强调一点，吵架时喊叫"大不了离婚"的一方，属于八成脑子，需要提前警示——永远不要说这句话！矛盾闹了，架也吵了，晚上照睡一起，千万别分床！

说到吵架，男人永远也吵不过女人，因为女人是天生的语言学家和逻辑学大师。因此无论吵多久，最终失败者多半是男人。明知终究一败，何必费劲吵半天呢！何况女人说的再难听，其实全如歌唱家的"啊——啊——"，万不可以为她说的啥以后就照她说的做——后来证明是相反呢，她摆功劳诉委屈全因你平时没有及时表扬她的辛勤付出！如此而已。

（2023年）

后　记

　　《夜行：方英文散文集》交稿时，似记得写了后记的，却原来并未写。当时未写的心思是，觉得没必要写，因为一切尽在书里。如同歌手，唱罢鞠一躬，退下完事。若他或她唱完，捏着话筒解释用的美声唱法还是民族唱法抑或掺和了什么地方戏曲唱腔，不仅多余可笑，没准惹得观众脱了鞋子抛上台呢。

　　书上市后销售不错。于是编辑说要新版重印，让我写个后记。好吧。也趁机增添几篇传诵广远的文章。

　　如果读者喜欢此书，那得感谢陕西师范大学出版总社社长刘东风先生，感谢这位俊逸智慧的韬奋出版奖得主，多次盛情约稿抬爱，并谢编辑团队具体落实、付梓行世。

方英文

2023年11月15日于采南台